장편소설

쪽발이
(1)

장편소설

쪽발이
(1)

정 창 근

신아출판사

| 차례 |

■ 책머리에 …………………………………… 006

1. 관솔불 …………………………………… 015
2. 아오자이 ………………………………… 066
3. 상하이 리루 ……………………………… 081
4. 환자 ……………………………………… 095
5. 노랑내 …………………………………… 103
6. 쪽지 ……………………………………… 125
7. 노랫소리 ………………………………… 136
8. 세 가지 이름을 가진 쪽발이 장교 …… 149
9. 야산대野山隊 …………………………… 172
10. 금백이의 죽음 ………………………… 209

■ 쓰고 나서 ………………………………… 223

책머리에

책 제목이 얄궂지 않느냐고 고개를 짜싯거릴 분들이 계시겠지만, 그럴 수밖에 없는 것이 쪽발이를 해부하고 싶어서 붙인 이름이고 그 끝을 보려는 뜻에서 그렇게 붙였다. 그것이 이 한 권으로 족할지 모르지만 해보겠다. 본래 일본 애들은 잔병이 많아서 그것을 예방하려고 나쁜 짓도 많이 했다. 그 대표적인 것이 액막이라고 자신들에게 들어오는 액을 막겠다고 생목숨을 잡아다가 공양(供養)이란 이름의 제사를 지내는데 그 공양감이 일본의 주변국 조선, 중국, 대만, 동지나해 제국에 있으니 약탈할 수밖에. 그 나라

들은 그 잔학을 고스란히 당하고 견뎌야 하는 비극을 겪으면서 살아온 그들은 일본이 패망하자 일시 그 만행에서 놓여났으나 일본의 재기로 다시 그 만행이 되풀이되고 있다.

특히 대한민국이 그 표적이고 그 대표적인 보기가 후쿠시마 원전 오염수 방출이다. 한마디로 일본은 자기들은 살고 이웃은 죽이자 이것인데 명색이 한국의 동맹국이고 뭐 세계 경찰이란 넋빠진 미국은 오불관언. 그리고 거기에 보조 맞추는 게 대한민국 꼴통들이다. 이게 작금의 국내외정세.

제일 시급한 것이 이것이다. 북의 위협. 코로나 재앙, 기후문제도 발등에 떨어진 문제지만 후쿠시마 폐수는 목안에 걸린 가시다. 순위나 알고 여군 사타구니를 만지든지 땅 투기를 해먹든지 해야 할 게 아니냐, 응. 국민 다 죽고 나서 뭣보고 정치할래. 이 X새끼들아. 쪽발이가 그렇게 독도문제, 위안부문제, 강제징용문제 그런 일 없다고 잡아떼도 찍 소리 못하는 오줌 못 싸는 병신들! 뭐? 나라다운 나라 만든다고? 여군 사타구니 안 만지면 총도 못 쏜다는 군대 갖고 자주국방? 그 오만방자한 쪽발이한테 하다못해 갑오년 난리 때 일본 모리오 대위놈이 농민군한테 쏘았다는 기관총은 못 쏠값이 공포 한 방 못 쏘고 만만한 공사나 대사 불러다가 뭐 항의?

한다고? 별 더러운 소리를 다 듣고 외무부청사를 나오는 일본 공사나 대사 애들 하는 말

"제미X할 놈들 사실이 사실인 것을 우리가 주장한 것뿐인데 무슨 잠꼬대냐고 응? 아직 평화협정도 안 맺은 교전단체에 불과한 오합지졸이 뭐 국가라고 X이 하품한다. 정말 하하하하."

씨부렁거리는 비아냥이다. 이것들아 똑똑히 들어라 응.

이런 상황에서 제대로 일본 핵폐기수 방출을 저지할 수 있을 것 같으냐? 실력저지밖에 길은 없다.

충돌이 불가피하고 희생이 따르겠지만 할 수 없다. 이번 기회에 본때를 보여 초상내야 뭐가 돼도 된다. 이야기가 좀 과격하게 흐르는 것 같은데 어차피 이 과정은 겪어야 살이 되든 뼈가 된다.

지금 일본은 이 핵 폐수 쏟아버리고 코로나 헤치고 올림픽 강행해 세계에 경제력 과시해 평화 헌법 9조 뜯어 고쳐 재무장해 세계를 넘보자는 속셈. 그 애들 핵무장 잠깐이면 끝나게 다 준비돼 있다는 사실 모르는가.

그애들 북의 핵무장 콧방귀도 안 뀐다. 알아 몰라? 또 한 번 국치(國恥) 겪을 각오나 하라고, 75년 동안 미국놈 X빤 대가가 뭐냐? 쪽발이는 75년의 미국X 빨고 실속 챙긴지 몰라? 알아?

우리는 뭐냐. 75년 동안 입노동만 시키고 쪽발이 수출규제 먹고 사색이 된 꼴통들, 그동안 뭐했어? 그 기술 하나 못배워 쪽발이한테 또 당해?

쪽발이들은 그 짓 하면서도 딴 쪽으로 그 기술 발달시켜 세계에 비견했는데 그 75년 동안 뭐 했어? 미국놈한테 과잉 충성한다고 제주도 때려잡고 여·순 죽이고 광주 짓밟고. 그러고도 모자라 월남 미라이 학살로 용병질이나 하고 그러느냐? 쪽발이 기술 발전시킬 때 엉뚱한 더러운 짓 다 하다가 아베놈한테 수출규제 먹고 벌벌 떠는 꼬락서니. 이게 대한민국 자화상이다. 부끄럽지도 않느냐. 이승만으로부터 시작해 문재인에 이르기까지 제대로 어느 놈 하나 미국에 올바른 소리한 놈 없었다.

그게 75년간의 신식민지 체제의 결과라 생각하면 추궁도 못하겠다. 이야기가 길어질 것 같으니까 이 이야기로 끝을 내겠다.

내가 1947년 가을 전주 서학동에서 책 두 권을 읽었는데 한 권은 후지하라 데이라는 일본여인이 종전이 돼 만주를 빠져나와 일본으로 돌아갈 때까지의 수난기였고 또 한 권은 보이지 않는 정부 미 CIA란 책이었다.

내용은 미국이 조선을 넘보기 시작한 1852년의 신미양요 때부터 조선에 침을 흘리던 미국은 CIA를 모 교의 선교사로 위장시켜 조선인을 CIA로 양성한다는 이야기의 책이다. 그 내용 일부를 소개하면 그 선교사들은 조선인에게 첩보교육을 시키는데 조선 사람도 잘 모르는 '이(이)'의 구별법을 가르치는데 머릿니는 검고 작으며 옷니는 노리끼한 색깔에 좀 크다는 것을 가르친다는 내용이었다.

무엇을 위해 그런, 조선사람도 잘 모르는 풍습을 가르쳤을까? 그리고 조선 여인을 농락하는 것은 좋은데 절대 아이는 낳지 말라는 교육을 시켰을까? 또 CIA 요원을 양성해서 어디에 써먹을 작정이었는지 궁금하지 않는가? 그로부터 95년이 흘렀는데…….

책 머리글로서는 좀 방향이 달라지는 느낌이 들지만 결국은 책 이름과 내용이 어디선가 다시 연결된다.

무서운 세상이다. 동족도 믿을 수 없는 세상이다. 북의 위협도 도가 넘었다. 언제 어느 때 또 그때 보았던 소련제 탱크 T35형 전차가 휴전선을 넘어 그 모습을 이 땅에 드러낼지 모를 일이다. 나는 1986년 평양에서 내 단편소설 「들쥐」를 조선문학가동맹에서 나오는 『통일문학』에 발표해 귀빈 대우를 받고 만족해했었는데 내 실언 한마디로 자칫 정치수용소에 갇힐 뻔한 일이 있었는데 나는 거기서 놀랐다. 내가 쓰는 한마디 말의 뉘앙스가 가져오는 엄청난 남·북한간의 언어감각의 괴리와 해석의 차이를 보고 실망하고 공포를 느꼈다. 그렇게 달라져 있는 줄 몰랐었다. 김일성 수상을 보고 그 양반이라고 한 그 한마디가 원죄였다.

"뭐? 양반? 무시기 위대한 수령동지보고 양반? 동무 반동이구만!"

24시간 나를 수행하며 칙사대접을 해오던 지도원 두 사람이 돌연 동무라고 나를 부르며 따지고 달려들었다.

결국 나는 그 양반이란 말 한마디 때문에 영창에 갇히기 직전에 떠났지만, 그 양반 한마디가 그처럼 그들의 이성을 자극할 줄은 몰랐다. 물론 인민의 원수가 그 양반이고 지주라는 것은 아는데 우리 남한에서 그저 무심히 통용되는 양반하고는 뉘앙스가 다른데……. 더 말을 말자. 이게 북한이고 그들의 의식 수준이다. 그리고 엄청난 사고의 차이는 상상하기가 어렵다. 그래 가지고는 아무 것도 안 된다. 서로 싸우지 않고 각자 대로 사는 게 최상이다. 그리고 그게 현명하고……. 그런 이야기는 꼭 남한동포에게 들려주고, 싶고 또 딴 이야기도 많으나 뒤로 미룬다. 두서없다.

기회만 주면 경천동지할 정치비화 또 쓰겠다.

그리고 나는 외람히 독자들에게 제안한다. 김성주가 아닌 진짜 김일성 장군의 유족이 여기서 고생하는 것을 알고 있다. 우리 독립운동의 비조인 그분의 유가족이 고생해도 되는가! 독지가가 없는가 외쳐본다! 그들을 살리자고.

지난 7월 6일 밤 YXN이란 TV방송에서 느닷없이 일본 가요 「후루사토(고향)」가 흘러나와 그것을 듣고 있던 나는 들고 있던 소줏잔을 떨어뜨리며 대경실색 했다. 그것은 분명 80여 년 전 쪽발이 놈들한테 배워 즐겨 부르던 것, 이것이 대한민국이다.

나는 그것을 꼭 캐들어 가봐야겠다. 그 배후를 -. 나는 그날 밤 한잠도 못잤다. 그래서 다시 한 번 시끄러운 맥아더 점령 소동을 떠올렸고 그것과 연관되는 오늘의 정치 지형을 생각해 보았다. 모골이 송연했다.

내 기억으로는 1945년 9월 19일인가? 전주 남부시장 입구에 나붙은 맥아더의 포고문布告文이 아직도 새롭다. 내다 붙인지 얼마 안된 듯 먹물도 마르지 않는 그 벽보는 분명 점령으로 시작돼 점령으로 끝나는 위협적인 내용이었다. 나는 그때 겨우 그것을 해득할 한글과 한문 실력이었다. 그리고 1945년도 판 일본 태평출판사

간행의 조선현대사에도 그 포고문과 소련군 포고문의 원문이 있다. 두 포문과 전달문은 분명 차이가 있다. 이 구구절절한 비화?는 다음 속판(續版)에서 소개하겠다. 백문이 불여일견이다. 또 있다. 어떻게 해 조선반도 북위 38도선 이북이 소련의 수중에 들어갔는지, 그 경위를 폭로하겠다. 단순한 분단이 아니었다. 전대미문의 핑크빛 로비의 결과라고만 알고 기대하시라. 그 뒤에는 우리의 옛 주군? 아베신조 일본 수상의 외조부 기시노부스케가 있고······.

나도 하찮은 글을 쓴다고 설움도 많이 받았고 못당할 짓도 당했다. 내 하찮은 글들이 그들의 모국에 대한 사대아첨에 그렇게 방해가 됐었던가. 각설하고 그 방송사나 황화론(黃禍論)의 주창자인 유대인 몇 놈과 앵글로색슨들 생각을 하면 코로나 바다가 그리워진다.

여러분 알아, 몰라? 해방된 뒤 미제가 만든 관제공산당이 있었듯이 지금도 또 필요해 만들어진 것이 미제공산당이야. 알아 몰라? 그들에는 김가, 이가, 황가, 문가, 박가, 많지. 하권에서 들려줄게.

2021년 7월

미국의 패권주의에 저주 있을 것을 기원하며

관솔불

"긍개 말이여. 그러고 봉깨 그럴만도 허요. 알겄어라. 그 속을. 우리가 가시버지가 된 지도 10년이 넘고 문열이가 벌쎄 열다섯 살 아니요?"

"……."

"그러네, 그려. 참 그런디 여적지 잔네 거그럴 한 번도……. 못 봤잉개 보고도 잡제 안 그려?"

"히히히히, 별 귀끔시린 소리 다 듣겠네. 아 볼 것이 따로 있제 하필 거그럴 볼라고? 그러까잉."

"그려, 저녁이면 만지고 별짓 다 하는디 안적 한 번도 못 봤잉개. 그럴 것 아닌가. 응."

젊은 내외 가난하게 사느라 집 한 칸 없이 여태 주인집 단칸방에서 살아온 세월 동안 낳고 키워 내보낸 식구가 이제 다섯이고 밤에는 칼잠으로 지내 왔기 때문에 손발 한번 마음대로 못돌리고 지낸 옹색한 살림에 언제 그것 한번 들여다볼 짬이나 있었던가. 두 내외의 두서없는 말을 정리해 보면 자식 낳아 큰아들이 열다섯이 되고 그 밑에 두 아들 삼 형제를 두었는데 그 사이 부부는 한 번도 마음 놓고 아내의 그것을 구경한 일이 없어 사내는 그것 한 번 보는 것이 소원이었다.

요즘에 와서 때 없이 장소를 안 가리고 조른 것. 아닌 말로 배고픈 아기 젖 보채듯 하는 것이 안타까워 아내가 하는 소리.

"그렇게 보고 잡으까 잉. 글면 한 번 보는디 꾀시렇게 봐야 혀. 들키면 난리낭개. 잉."

"응 알았어. 나도 조심허제."

그러나 매사는 헛점이 있는 것, 사내가 평소 보채는 소리를 몇 번 들은 큰아들은 속이 있으나 아무 말 없이 동생들을 바라보고 있을 뿐……. 어느 밤 그날이 이른바 디데이인데, 초저녁부터 잔뜩 긴장한 사내는 밤이 깊어지기를 기다렸다. 평소와 같이 다섯 식구가 칼잠을 자는데 아내 곁에서 자꾸 질벅거리니 아내가 알았다는 듯이 사내를 살짝 꼬집었다.

부스스 일어난 사내가 귀를 세우고 보니 세 자식 놈들이 세상모르게 잠들어 있어 마음 놓고 관솔불에 불을 붙였다.

이 관솔이라는 것이 그 시기 유일한 조명이라 낮에 산에 가서 일부러 꺾어다 말려 잘게 쪼개 그것으로 불을 붙여 잠시의 조명으로 쓰다 서둘러 저녁을 먹고 꺼버리는 것이 습관이었다.

그것도 귀한 불이라고 아낀 건데 오래 못가고 꺼버리니 웬만한 것은 어둠 속에 치러 나갔다. 참으로 간고한 생활은 짐승에 다름 아니었기에 사람다운 정서가 없고 그저 우리 안의 짐승처럼 먹고 자는 순환이 있을 뿐이었다.

그런 생활에서 어찌 부부간의 밀어(密語) 같은 것이 있을 수 있을까. 이들 다섯 식구가 얼굴 맞대는 시간은 저녁 한때뿐, 그런 환경에서 남편의 그런 간청을 여태 못 들어 줬으니 어찌 되겠는가. 짐승이나 새들도 우리 속 둥지에서 마음대로 기지개도 켜고 날갯짓을 할 수 있거늘 하물며 사람으로서 어찌 좁은 방안에서 무엇을 하고 무슨 일을 도모하겠는가.

밤은 깊었고 자꾸 남편 덕보의 채근이 심해졌다. 아내가 상체를 일으켰고 치마를 걷어 올리고 속옷을 벗었다. 남편 덕보가 켠 관솔불이 자꾸 움직인다. 그 불을 든 채 방안을 빙빙 돈다. 아내는 뛰는 가슴을 지정시켜며 남편이 자리 잡을 때를 기다렸다. 남편은 또 그대로 깜냥에 앉을 자리를 물색하느라 좁은 방을 돌았던 것. 이윽고 자리 잡은 남편이 있는 데로 몸을 튼 아내가 양다리를 벌리고 무릎을 세웠다. 자 보라는 자세. 불이 다가오고 낮아진다. 남편 덕보의 숨결이 가빠진다.

바야흐로 밤이면 천 길 천국으로 끌어올리던 그 신비의 샘이 눈앞에 전개돼 있으니 우선 목에 침이 넘어 갈 일이고 불끈 양물이 용틀임할 것 아닌가. 시간이 흐른다. 아내가 자꾸 질벅거린다. 시간이 너무 지체된다는 위험신호. 희디흰 살결 속의 계곡 그 가장자리에 밀생한 수풀 그 수풀 사이를 흐르는 계곡은 한 폭의 그림이고.

살아있는 요물이었다. 입술의 침이 바싹 말라들고 숨이 가빠지고 손으로 금방 그 둔덕에 밀생한 수초 속의 옹달샘을 거머쥐고 싶어졌다. 몸이 움직였다. 손에 든 관솔불이 흔들리다 끝내 그 관솔불에서 끓고 있던 송진 한 방울이 톰방 하고 그 연한 질(膣) 위에 떨어졌다.

"아이크 뜨거!" 노덕보 아내 고만이의 처절한 비명, 그 연한 살에 그 끓는 송진이 떨어졌으니 어찌 되겠는가. 고만이는 그 비명과 함께 오그려 붙여 반쯤 벌린 다리를 쭉 뻗으며 비명을 지를 것은 너무 당연한 일이었다.

불이 꺼지고 세 아들 놈들이 그 어머니 비명에 놀라 깬 것이 아니라 안 자고 그 희한한 광경을 눈을 감고 지키고 있었던 것이다.

그 바람에 아랫목에 묻어 놨던 술 단지가 깨져 방안이 술 범벅이 돼버렸다. 그것은 며칠 후면 돌아올 노덕보 아버지 제사에 쓸 제주. 어찌 어찌 없는 살림에 찬밥 몇 술에 누룩가루 빚어 제주를 빚고 있던 것이 고만이의 발길에 허망하게 박살이 났으니 온 방안이 술 바다가 될 수밖에.

"보자고 보자고 헐 때부터 내가 알아 봤당게."

안자고 거짓 코를 골고 있던 큰아들 놈이 하는 말.

"할아부지, 제사 좆 돼분졌네."

둘째가 하는 이야기

"낼부터 산에 관솔불 따러 가는 놈은 지미 씹할놈."

관솔 따오기를 맡고 있던 셋째가 하는 말

남편의 애닳은 소원 한번 들어 준 고만이 실수로 일을 그렇게 벌어지고 말았지만 이것이 그 시기 조선의 현실이었다.

노덕보와 고만이는 전형적인 조선의 천민이 아닌 기층민이지만 바로 그것이 미중의 일상으로 인식돼 오던 1920년대 후반의 전라북도 장수군 계내면 싸리재 한 마을의 소묘.

노덕보는 역시 부모가 소작인으로 궁핍을 못 면하고 지주에게 핍박받는 피지배 계급이었다. 벌써 삼 대째니까 동학 때부터라고 보면 옳았다.

관솔불은 그렇게 웃지못할 이야기를 남기고 언제 그런 일이 있었느냐 듯 소리없이 사라지고 말았지만 그 상처는 깊고 넓었다. 그 작은 사건이 계기가 됐는지 모르나 단산으로 알고 있던 덕보 아내 고만이가 자기 이름의 연유대로 아들 고만이가 아닌 딸 고민이가 돼 태기가 있어 주의를 놀라게 했다.

고만이에게는 노산이지만 양념 딸 금백이가 태어난 것이다. 막동이 아들과 열 살 터울이니까 노덕보 나이 마흔셋에 태어 났으니까 별것도 아니지만 아내 고만에게는 마흔을 넘은 나이니까 노산이고 다른 이들 같으면 단산할 나인데 배가 불렀으니 귓부리가 붉어질 것은 당연했다.

태어난 것이 원했던 것이고 딸이고 그애 고모가 지어준 금백이란 이름은 커서 곱게 자라 금박댕기 드리고 시집가라고 지어준 이름인데 그것이 달리 불려 금백이가 돼 그래도 굳어 버린 것이다. 그래서 금백이는 커나가면서도 금박댕기를 좋아하고 나이 차 처녀가 됐을 적에는 옷에 걸맞잖은 고운 금박댕기를 달고 제 동무들과 어울렸던 것이다. 그것을 흐뭇하게 바라보는 고모 봉애가 믿음직스러웠다. 노덕보나 아내 고만이 보다 고모가 그런 조카를 애지중지했다.

그게 노덕보의 딸 노금백이의 어릴 적 이야기다. 그런 금백이를 둔 노덕보는 어릴 적 조실부모로 외숙 집에서 외롭게 자라왔고 그때 그의 누님 봉애는 어느새 엉덩이가 커서 누구 것이 될지 모를 탐스런 용모의 몸을 가졌건만 낮은 신분 소작인의 딸이라는 멍에에 묶여서 왜놈 순사 모리집 하녀로 들어가서 마소같이 부림을 받다가 어느 날 모리가 애지중지하는 회중시계를 주머니에 넣어 둔 것을 모르고 빨래하다 그만 빨랫방망이로 안주머니 속의 금딱지 회중시계를 내리쳐 버렸으니 그 시계가 어찌 되겠는가. 박살이 나고 쫓겨난 것은 두말할 것이 없고 왜놈 모리 내외에게 얼마나 두들겨 맞았는지 그 자리에서 다리가 부러지고 큰 상처를 입고 쫓겨난 것이다. 작은 비극이 벌어지고 쫓겨난 금박이 고모 노봉애는 그대로 병신이 돼 동생 노덕보 집에 송장처럼 눕게 되고 그러나 하늘이 도왔는지 시난고난하던 노봉애는 살아나 지팡이를 짚으면 도랑 출입이 될만치 회복됐으니 제 아래 남동생 하나 있는 것 혼처 찾는 데 정신이 없고 자신은 그럭저럭 회복해 동네 품앗이 일을 다닐만 해지자 두어 군데서 혼담이 들어왔으니 마음에 차지 않아 거절해 오다 마지막에 들어온 혼처, 어느 늙은 중의 후처자리에 들어앉아 호구는 면했으니 마음은 온통 친가 남동생 덕보에 가 있었다.

일구월심 덕보 안사람 물색에 정신이 없었다. 그러나 덜렁 부랄 두 쪽밖에 없는 남동생 노덕보에게 시집오겠다는 처녀는 나타나지 않았다.

남자 복이 없는 노봉애. 노덕보 누님은 그것도 복이라고 노승이 죽어 버리자 자신도 이제는 희망이 없다고 그 뒤를 이어 머리를 깎고 말았다. 비구니가 된 봉애는 그러나 포기하지 않고 덕보 색시 물색에 열을 올렸고 그렇게 밤낮을 가리지 않는 노봉애 비구니는 어느 날 한 처녀 금박댕기가 치렁한 시골처녀 한 사람의 손목을 잡고 동생 노덕보의 단칸방을 찾았다.

처녀 이름 고만이 그녀가 노덕보의 새각시였다. 노봉애의 지성이 하늘에 달아 그런 처녀나마 올케로 맞아들일 수 있게 된 것이다. 노덕보로서는 너무나 황홀했다. 그것은 노봉애의 정성. 그 처녀 고만이가 아직 숫처녀라는 증표는 그 머리에 매어 있는 금박댕기가 유일했다.

옷은 남루했으나 금박댕기 하나는 깨끗했다. 노덕보의 입이 벌어질 것은 너무나 당연했다. 그 누님 노봉애가 얼마나 그 광경을 보고 흐뭇해했을까. 그 이태 전 그러니까 노덕보가 그 황홀한 신부의 금박댕기에 빠지기 전 열여섯 살 나이에 그 근처 초포 어느 지주집의 깔머슴으로 들어가 연명하는데 다행히 살아있는 조광희라는 외숙 한 분의 집에 의지하고 있었던 것. 누님 노봉애는 목탁 벗 삼아 하늘 끝까지 동생 배필을 찾아 헤매고 있었으니 깔머슴 신세가 얼마나 고생스럽겠는가.

깔머슴이라면 지금은 듣기도 힘든 말. 외숙집에서 밥만 얻어 먹고 농사에 필요한 노동력을 제공하고 연말에 새경이란 보수를 받는 상머슴, 중머슴, 다음이 제일 노동력이 약한 머슴을 일컫는 말이고 노덕보가 바로 그 집 깔머슴이었다.

그날은 일손이 비어 외숙한테 인사라도 하고 나오려는데
"음 덕보 왔냐. 가만 너 오늘 할 일이 있다. 마침 잘 왔다."
그래도 한 점 피가 안 섞인 외숙모보다 정을 느끼는 외숙이 술주정은 하나 어딘지 정이 가는 터라 가까이 하는데…….
"……."
덕보는 새삼 자기를 은근히 부른 외숙 앞에 나섰다.
"너 오늘 장날인디 이 달걀 팔아 와라. 집에 돈이 없어 야단이다."

그때는 짚 속에다 계란을 드문 드문 넣고 그 중간을 서너 군데 묶어 계란이 흔들거리지 않게 포장해 놓는 것을 꾸러미라고 했는데 그 한 꾸러미 속에 계란이 보통 10개까지 묶여 있어 이것을 들고 장바닥에 나가 파는 것인데 그게 계란의 표준 포장이었다. 한 꾸러미 보통 30전 정도.

그것을 넘겨받아 그날이 마침 장계 장날이라 타의 없이 장바닥으로 가는 길목의 어느 왜놈집 앞을 지날 때 행여나 하고 그집 대문을 어깨로 밀어 보았다. 혹시 이 집에서 달걀이 필요하지 않을까 하는 마음과 다분히 장난기도 있는 심정이었다. 막 문을 열자 머리에 수건을 쓴 일본여자 주인이 힐끗 쳐다보는데 조금은 겁이 나는 터라 계란 꾸러미를 얼른 추켜들어 보였다.

일본 말을 알 턱 없는 노덕보가 그것을 추켜올리자 그것을 본 일본 여자가 수건을 벗어 제 몸을 탈탈 털면서 느닷없이 바까(멍청이란 일어 욕)하고 소리치는 것이었다.

"뭐 바까?" 노덕보가 생각해도 이상하고 무엇을 박았다고 하는 것 같았다.

"안 박 앉소 안 박았어." 하고 반박했다. 그러자 이 소리를 듣고 있던 그 여자가 비식이 웃으며 또 일본말 욕인 고라(이놈) 하는 거 아니겠어.

아 이 여자가 이 달걀을 곯은 것으로 알고 있구나 하고 얼른, "안 곯았어 안 곯았어." 하고 볼멘 소리를 하자 호호호호 하면서 가까이 오더니 손짓으로 들어오라는 동작을 내보이자 슬그머니 겁도 나지만 호기심이 생기고 쭈볏거리는데 더 가까이 오면서 손까지 잡고 끄는 바람에 못이기는 척 딸려 들어가는데 현관에서 신발까지 벗고 들어오라는 것을 보고 옳다 계란을 살 생각이구나. 방안에 들어오자 태도가 달라진 일본 여자를 보고 겁이 더럭난 덕보가 일어서버리자 바지를 끌다시피 앉히고 차를 내온다. 먹을 것을 챙기는 것을 보고, 자빠진 김에 쉬어 간다고 에라 작것 굿이나 보고 떡이나 먹어 보자는 뚱배짱이 생기나 혹시 이 여자 남편이 느닷없이 들어와 지랄병이 생기면 어찌나 하는 으스스한 생각에 방안을 이리저리 살피는 것을 보고 있던 일본여자가 제 얼굴을 한손으로 훑으며 어부서 어부서를 두 번 뇌끼리며 히죽히죽 웃는 것이 이상해 눈을 똑바로 떠서 쳐다보는데 이번에는 머리 위를 가리키며 모자 모양을 손으로 만들고 나서 또 어부서 어부서 하며 제 옆에 앉는데 생전 맡아보지도 못한 달착지근한 냄새가 나고 여자 옷이 벌어지면서 무릎이 나오고 흰살이 나오는 것을 본 덕보는 그만 자기도 모르게 여자를 덥썩 안아버렸다. 어부서 어부서가 또 여자 입에서 나오고, 아 어부서란 말은 서방이 없다는 말을 일본어로 말한 것이구나 하고 그제야 감을 잡은 노덕보.

"달걀은 어따 뒀냐, 팔었냐? 응 말을 해야 알 것 아니냐. 응."
해걸음에 추레하게 들어선 조카 덕보를 본 그의 외숙은 대뜸 빈손으로 들어선 것이 괴이하여 우선 그렇게 말문을 열었다. 노덕보는 조끼 호주머니에서 손이 닿으면 금방 베어질 것 같이 날이 선 시퍼런 지폐. 일본은행권 일 원짜리 두 장을 내놓으니 눈이 오

꼼해지며 또

"너 이거 무슨 돈이냐. 훔친 것은 아니제?"

그때 그 옆에서 뭔가 일을 하고 있던 외숙모가 고개를 들고 눈을 깜박깜박 하며 덕보를 올려다보았다.

"달걀 팔았는디 그 돈이구만이라."

"뭐, 뭐시여 달걀값이 이것이라고 응? 너 큰일냈구나. 아니 훔친 것이지. 바른 대로 말 안 할래?"

덕보는 얼굴이 벌개가지고 말을 못하고 있다가

"일본 여자한티 팔았는디. 그 돈을 줘 그래서 주는 대로 받아 왔당개요."

덕보는 그때 일본여자가 끄는 바람에 끌려가면서도 자기 자지가 이미 화를 내는 것을 처음 알았고 가빠지는 숨결을 어쩔 수 없이 억누르며 여자 허벅살을 물어뜯듯 벌리고 달아 오른 자기 자지를 밀어 넣었던 것.

소소 음 음 죠스데쓰네 (음 음 그렇게······. 잘하는데)

여자가 알 수 없는 소리를 지껄이면서 자기를 보듬자 덕보는 제정신이 아니었고 세 합을 끝내고 일어서 바지를 추스르는 덕보의 손에 여자는 경대 서랍에서 돈을 꺼내 거기서 몇 장 지폐 속에

서 두 장을 뽑아 덕보 조끼에 꽂아 줬던 것,

"그게 일본여자한테 팔았어. 근디 이 큰돈을 줬어?"

그때 일손을 멈춘 외숙모가 사이에 들어

"아이 여보시오. 덕보가 달걀 파니라 애썼구먼 그러네."

"야, 덕보야. 너 애썼다. 가서 쉬거라."

산전수전 다 겪은 외숙모는 전후사연을 꿰뚫고 있었다.

틀림없이 벌어졌을 일본여자와 조카의 그 뜨거운 장면이 있었기에 여자가 계란 값으로 큰돈 2원이란 거금을 내놓은 것을

"삼촌, 달걀 팔기는 팔았는디요."

"그래서 팔아서. 이렇게 큰돈을 받았단 말이냐."

노덕보가 그 처지에서 어찌 구구한 이야기를 외숙모 앞에서 저저한 이야기를 하겠는가. 자기가 당한 오늘 아침나절의 야리꾸리한 이야기를 담은 한마디를 내뱉고 그 방문을 나와 버렸다.

"삼촌, 오늘 저 좆 품 팔~~~."

"아이고 여보, 쩝하면 입맛이라고 그만하면 알것구만. 그만해 두씨오. 애썼구만 그러네. 인자봉개."

"으응 그랬든가. 그런… 어…험……. 에."

그때에야 그 조카가 겪은 일을 대강 거니챈 덕보 외숙은 그 둔

한 자기의 육감을 잔기침 몇 번으로 얼버무려 버렸다.

"참, 그럴 수도 있겠구나. 그것 히히히히."

자기도 오만 잡지랄 경험이 있는 덕보 외숙은 그때에야 조카 덕보가 치렀던 그때의 정황을 상상하고 '나라도 그런 일을 당하면 그러고도 남지 젠장 못허는 것도 병신이제. 흥흥.'

그렇게 얄궂은 일을 겪고 장가 들 때까지 외삼촌 집에서 지내는 덕보가 그렇다고 일본 것들에 대한 적개심이 없는 것은 아니었다. 오히려 누구보다 일본에 대한 원한을 품었고 꿈에도 잡아먹고 싶은 것이 왜것들. 더구나 제가 보기에도 곱던 누님 봉애가 그 시계 사건으로 반병신이 돼 끝내는 송낙 쓰고 염주 굴리는 비구니가 됐을 적에는 당장 돌자갈이라도 주워 들고 왜놈 순사 모리집에 처들어가 그 돌로 그놈을 처죽이고 싶었으나 연약한 자기로서는 턱도 없는 짓이라 그저 분한 눈물만 질질 흘리고 있었다. 그야말로 서러운 말로 오매불망이란 말이 생각나는 덕보의 그 시기 심정이었다.

'그러나 내가 죽는 한이 었어도 원수는 갚는다. 어디 두고 보자.'

그것은 어떤 형태로든지 모리에게 보개피(복수)를 해야 살 것 같은 막힌 가슴을 두들기며 지내오는 노덕보의 맺힌 한이었다.

'옳지, 그 수가 있구나. 그놈 작살은 못 내도 골탕을 먹일 방법이 있구나.'

그것은 모리가 키우는 애견을 잡아 없애는 어찌보면 애들 장난 같은 짓이나 덕보로서는 해볼 만한 복수 수단이었다. 그것은 모리가 키우는 애견 뽀찌를 잡아 없애는 일이었다.

어찌나 개가 영리한지 조선사람과 일본사람을 귀신같이 알아보고 조선사람이면 미친 듯이 짖고 발광하니 모리는 마음놓고 일을 볼 수 있었다. 그 뽀찌를 잡아 없애는 공작은 동네 악동 일당과 짜고 결행하는데, 신중한 모리는 개를 주재소(지서) 앞마당에 묶어두는데 긴 쇠막대를 그냥 땅에다 깊이 막아 놓고 그 쇠막대에다 쇠 목줄을 연결시켰기 때문에 개를 훔친다는 것은 그 쇠줄을 끊어야 하는데 그것이 어려운 일이었다.

악당 세 사람을 윗동네 악당과 또 공모하고 일 단계가 개를 잡으면 우선 죽여서 꼬시르는 일이 우선이었다. 명태 대가리에 귀한 참기름을 발라 구워서 그것을 미끼로 하자는 것이었다. 가까이 못 가고 멀리서 그것을 조금 던져 주자 꼬리를 치고 달라 들어 주워 먹을 듯하다가 덕보가 나타나자 큼큼 냄새만 맡고 주워 먹기를 중단하고 귀를 세우는 게 아닌가. 그래서 더 큰 덩어리를 던져 주지 이번에는 겁 없이 덜컹 무는 틈을 타 시말뚝을 몽땅 뽑아 가지고 또 한 사람은 개머리에 밀가루 부대를 씌운다. 또 한 놈은 개를 들어 올리고 분업화된 작업은 끝나고 윗동네로 넘어가고 그다음 주자들이 또 그것을 맡아 더 먼 동네로까지 옮기고 개는 죽고 장작불에 털이 그을리고 금방 토막쳐서 가마솥으로 들어갔다.

다음날 새벽에 관내 순찰을 돌려고 뽀찌를 찾으나 말밑에 똥도 없고 묶어 뒀던 쇠말뚝도 없어져 버렸으니 "?" 모리는 그러나 노련한 경찰이기에 소리없이 그날 일과를 끝냈으나 하루 내내 머리 속에는 뽀찌 일로 가득 차 있었다.

"아니 주인님, 뽀찌가 안 보이는데요." 부하 순사 두 사람이 이렇게 물어와도 말없이 일만 하지만 속으로는 애를 태우고 있었다.

'요 씨, 그놈이라 응. 그놈이다.'

노련한 모리가 뽀지를 도둑 맞고도 어찌 짐작이 없으리오. 그것은 분명 개도둑이 아닌 자기에 가해지는 어떤 감정의 행동이지 단순이 개가 욕심이 나 명색이 경찰인 자기의 애견에 손을 댄 것이 아닐 것이라고 단정했다.

감히 어떤 놈들이 하는 분노가 치솟았으니 한편 두렵기까지 했다. 그 개는 일본 아끼다 토종으로 혈통 있는 개고 어느 친구가

선사한 것이라 귀물로 여기고 있던 터, 이름 그대로 명견답게 속시원한 번견(番犬) 역할을 손색없이 해내고 있어 놓기 아까운 명견인데 그런 일을 당했으니 속이 속이 아니고 짐작이가는 악동 중에 덕보가 있다는 것에 회심의 미소를 띄웠다.

'음 그놈이 내게 사감도 있고 그 정도 장난은 하고도 남을 놈이고!……'

거기까지 생각이 미친 모리는 어떻게 해서 범행을 자백 받고 유치장에 처넣을까 이리저리 궁리를 했다. 그러나 묘안이 없는 그는 그래도 끙끙거리며 동네 순찰을 나가는데 마침 그때가 가을이라 일 년에 두 번(춘추) 실시되는 청결검사를 하는 시기. 제일 먼저 지저분하기로 이름난 조광희(노덕보 외숙집) 집으로 발길을 돌렸다. 그 청결검사에 불합격되면 사역이나 강제노역에 내몰리는 벌칙이 있다. 동네 사람들은 그날을 전후해서 딴일 제백사하고 우선 집안이나 근처를 쓸고 닦는 데 주력하기 때문에 동네 입구서 집안마당까지 깨끗하고 개운했다.

그런 가운데 순사 두 사람이 사벨 소리로 요란하게 집으로 들어와 앞뒤를 둘러보고 고샅이나 행길도 살피고 자기들이 원한 대로 깨끗하면 검사필 도장을 찍어 기둥에다 붙여주고 불합격이면 그

검사필 용지 증명을 안 주기 때문에 벌금도 물고 다시 청결검사 지시를 받게 되기 때문에 그날이 그 주민들에게는 긴장되고 굳어지는 날이었다.

"불합격이다. 알았소까."

조광희한테 소리를 지르고 그 옆에 서있는 그의 생질 노덕보를 쳐다 보던 모리가

"요마에 좃도고이."(너 잠깐 와라.) 그 뒤 모리의 눈치만 보고 있던 덕보는 그날의 외삼촌 집에 순사가 온다기에 혹시나 무슨 일이 안 일어나나 무서움 반 호기심 반으로 쭈볏거리며 외숙집 마당에 있었는데 들어서는 모리와 조선인 순사 한 사람의 눈치를 보며 멀찍이 서 있었는데 청결검사가 불합격되자 찔끔하고 물러서는데 그 말이 날아오자

"하이 아디시?"(네, 나요?) 하고 제 가슴을 손가락으로 가리켰다. 자기가 알고 있는 말이 그 것 뿐일 정도로 덕보는 그렇게 일어를 몰랐다.

"기사마가 뽀지 누슨다까?"(니놈의 뽀지 훔쳤지?)

거기에 답변은 없고 느닷없이 젠젱 젠젱이었다. 젠젱은 우리말로 전혀라는 것인데 그 말이 덕보 입에서 튀어 나오자 나니? (뭣)하

고 옆의 대빗자루를 집어 올려 후려 갈겼다. 누슨다로? (훔쳤지?) 응? 혼네오 하께. 훔쳤지 실토해. 그러자 덕보는 두 손을 씩싹 빌며. 하이 젠젱 젠젱 (전혀 전혀) 하니 오히려 모리가 어리둥절 해 저 자신도 우스운지

"기사마 도로의 하께." (너 이놈아. 실토해라.) 하고 고함을 또 지르자.

젠쟁 젠쟁 할 뿐 다른 말이 없자

"쇼가니이나 고이쓰가 디시카 다가 쇼고가 나이."

(할 수 없는 놈. 이 새끼가 진범인데 증거가 없으니.) 돌아서서 집을 나가는 모리를 바라보는 덕보가 히죽이 웃는다.

"야, 덕보야. 왜 그러냐 너보고 뭐라냐. 응."

"아무것도 아니여라."

"그려? 아무리 쪽발이지만 공매를 맞아? 무슨 곡절이 있는지 모르겄다만 걸리면 아주 고택골로 보내 분지제. 나도 쪽발이라면 이가 갈린다."

그렇게 설리설리 자라고 지내다 누님 봉애 덕분에 장가들어 삼형제를 뒀지만 이야기한 대로 가슴에 사무치는 한이 있었으니 바로 그 아내의 다리 사이의 비경을 한번 보는 것이 유일한 소원이

고 간질힘이라 이니는 그것을 안 들어 줄 수 없는 난감한 처지 그리고 자기도 남편이 그렇게 보고 싶은데 보고나서 느끼는 성적 만족감이 성교로 연결되어 색다른 경지(境地)가 있을 수 있다는 기대감에서 두 발을 벌린 것이다.

"어이 자네. 그때 그일 생각 나는가."
"뭣이요. 무신."
"그때 자네가 아부지 제사 제주단지 깬 일 말여."
"아이고 시끄럽소. 그게 언제 때 이얘긴디. 히히히히. 그때, 그때가 벌쎄 십육 년이 지났는디. 금백이가 생긴 해닝개. 세월도 빠르지."

그들 부부는 속조차 웃고 있는건 아니었다. 지금 그들 내외는 막내딸 금백이를 생각하고 있었다. 그때 그 일은 결코 우스운 것도 즐거운 추억도 아니고 구곡간장이 녹아 내리는 아픔을 안고 살아가는 그 시절의 한 토막 비화지 다른 게 아니었다. 지금이야 두 아들 제금나가 막내하고 사는 형편이나 금백이가 걸려 밤잠을 설치고 있는 이들 내외였다.

금백이가 끌려간 것은 1943년의 가을이었다. 일본에 국민 총동원령이 내리고 조선에도 전시동원령이 내려 정신대가 벌써 일본 국내공장에서 혹사 당하고 있었고 그 일부가 이미 남양 방면에 파견 나가 있었는데 그게 바로 위안부였다.

금백이가 그 조직에 걸린 것도 어쩌면 당연한지 몰랐다. 정신대 채용 첫째 조건이 미혼이었으니 시골여성이 당황하지 않겠는가.

"그것이 까막눈이기는 했어도 달음박질 하나는 잘했는디 살았는가 죽었는가……."

말을 못하고 우는 아내를 다독거리는 덕보는 눈물바람 하기는 자기도 마찬가지였다. 있는 집 딸이나 많이 배운 딸들은 눈감아주고 금백이같이 가난한 여자는 물어 볼 것도 없었다.

해당 제1호가 금백이니 이들 힘없는 내외에게는 특명이니 어찌 빠져나가겠는가. 그 1943년 무렵 일제는 단말마의 비명을 지르고 있었다.

덕보가 사는 장수군 계내면에는 듣기만 해도 긴장되는 모리부뎅(중석) 광산이 있어 정부의 보조를 받고 있었다. 일명 수연(水鉛)이라는 이 광물은 극히 중요한 전쟁 물자로 무기제조(주로 총포)에는 없어서는 안 될 귀중한 광물이라 일제는 많은 인원을 동원시켜 그 발굴에 혈안이었다.

그런데 거기에서 일하는 광부는 전부 외지 사람이어야 한다는 조건 때문에 덕보는 거기 발도 못 붙이고 부러운 눈으로 바라보고만 있었다. 종업원들도 그 식량난에도 쌀밥만 먹고 휘발유를 절약한다고 전국의 차량이 목탄이나 아세칠링으로 운행하는데 그 모리부뎅 광산만큼은 휘발유로 모든 차량이 움직이고 있어 그 전시에도 휘발유 냄새를 맡을 수 있는 특권을 부여하고 있었으며 광산 종업원은 전부 징병보류의 혜택을 누리고 있었다.

그 근처 주민들의 소원이 있다면 그 광산에서 일하는 것이었으니 그 소망은 쉽게 성취되지 않는 보고는 못 먹는 떡이었다. 노덕보는 용케 일본 놈 광부 십장의 심부름 한번 잘해주고 눈에 들어 잡역부로 일하게 됐는데 그것도 복이라고 들어간 지 한 달도 못 돼 주재소에 끌려가 몰매를 맞고 쫓겨나고 말았는데 그 내막이 엉뚱했다.

정말 호사다마였고 알고 보니 그 광산은 광부의 신분도 다양하고 일본인 조선인 비율이 70:30으로 열 명 광부 중에 일본인 셋이 된 조직으로 짜여 져 있어 매사 보안에 주력하고 전원 기숙사지 외박이 없었다. 그만치 기밀이 많은 광산이고 알고 보니 그 광부

안에는 이미 그 시기 조공(조선공산당) 조직이 뿌리를 내리고 있었고 활발히 움직이고 있었다.

외박이 안 된 규칙 때문에 레포 전달에 어려움을 겪고 있던 조직에서는 외지에서 출퇴근하는 노덕보에서 눈독을 들이고 있다가 포섭 대상이 되고 그게 레포 전달(외부에)과업을 맡긴 것이 얼마 못 가 들통이 나 쫓겨나고 구치소까지 끌려가 녹초가 되도록 취조를 받고 일자리에서 쫓겨난 것이다. 그 시기 그 광산에는 조공의 박헌영의 적계인 엄병섭(가명)이 그 광산 조직책임으로 있다가 해방 후 적색 남로계의 책임자가 돼 활동한 실례가 있을 정도로 조공조직이 견고했었다는 것이다. (기록 있음.)

말하자면 노덕보는 그 광산 광부들 조직의 레포 책으로 움직이다 들통났지만 그것은 해방 전의 독립운동의 가반이 되어 해방 후의 전국적 조직 확대의 동력이 된 것이다.

물론 딸 금백이도 일제의 광기는 알고 있었고 금백이가 무사히 돌아오기를 천지 신명에 비는 마음은 내외 한결 같았다. 본시 과격하지 못하고 관용적인 덕보는 그래서도 주의의 온정으로 그 험난한 고비를 버티고 있었으며 그렇게 선을 베푸는 길만이 딸 금백이가 살아 돌아오는 유일의 길이라고 선영께 빌고 또 빌었고 해방이 되고 친일세력에 대한 가혹한 보복이 시작되고 좌우대립이 심할 때에도 그는 묵묵히 인정을 베풀었다.

그 선행이 딸 금백이에게 은혜로 돌아가 살아올 수 있을 것이라는 생각이었다. 드디어 그날이 왔다. 장계장터가 왁자하니 사람들이 모여들었다.

"자 인민 여러분 여러분의 원수 일본 경시 모리가 나타났습니다. 죽이든 살리든 여러분이 결정하시오."

전라북도 치안대에 잡힌 모리는 그때 장수지방을 떠나 전북경찰국으로 영전돼 기세등등하다가 해방이 돼 하루아침에 원수로 몰려 치안대에 잡혔던 것이었다. 그는 경시로 승진돼 전북경찰국 과장으로 있다가 잡힌 것이다.

"아시다시라는 왜정 때 이곳 주재소 경부로 있었던 자이고 죄과가 많기 때문에 우리 인민의 손으로 처단하는 것이 앞날을 위해서도 좋은 것 같으니 처단하시오!"

사람들이 들끓기 시작했다.

상전이 벽해가 된다는 말과 같이 해방으로 세상이 뒤바뀌자 하루아침에 유지가 된 노덕보의 발언은 영향력이 컸다.

"어이 모리!"

오라를 차고 쭈그려 앉아 처분만 기다리는 모리와 댓 명 친일파는 그때가 늦여름 그들은 덜덜 떨고 있었다.

"하이 하이 노덕보 상. 와끼리마쓰 와까리마쓰 요꾸오네가이마쓰."

"네 네, 노덕보 씨. 압니다 압니다. 잘 부탁합니다." 풍난 돼지가 문제가 아니게 떨고 있는 모리는 덮어놓고 잘 부탁한다고 비대발괄한 것이고 그 시기 해방되고 쪽발이는 말할 것도 없고 친일 유산층은 암흑기였다.

부락마다 치안대가 조직돼 거기서 추달하는 것이 친일파요 지주요 유산층이니 다 죽은 목숨이었다. 인민재판 이런 것이 있어 재판장은 인민들 지주나 악질 친일파가 잡혀와 여러 사람 앞에 꿇리고 인민재판이 시작되는데 동네 인민위원회 위원장이나 치안 대장이

"여러분, 여기 악질 지주 XXX가 잡혀 왔소. 이 자의 죄상은 잘 아시죠? 여러분 하면, 모두 말을 맞춘 것처럼 "예, 악질이죠. 그냥 두어서는 안 됩니다." 그러면 "여러분, 이 자를 없애 버리는 것이 어떻소." 하고 물으면 "좋소. 옳소. 없앱시다! 찬성이오!" 하고 동조하면 그것이 판결이고 선고가 돼 그 즉시 집행 되는 게 순서였

다.

 소위 인민재판. 그렇게 해서 악질 지주, 악질 친일파, 경찰이 간단하게 처단되는데 또한 폐단도 없지 않았다. 말 못 할 사유로 친일은 했으나 그 뒤로 독립운동을 지원한 사람도 도매금으로 넘어가 무고히 죽는 경우도 있었고 소위 인민위원회 위원장이나 간부의 사감으로 인민재판의 대상으로 몰려 죽는 사례가 있으니 나중에는 부작용도 생겼지만 애초에 그 뜻만큼은 대쪽 같은 일벌백계의 정의가 관류라는 건국초기의 혁명적 사업이었다.
 그런 과정에서 어찌 노덕보가 돋보이지 않으리오. 누대에 걸친 소작인에다 고용농민(머슴)까지 살아온 그, 또 딸까지 일제에 빼앗겼으니 그보다 더 적격인 인민위원장이 어디 있으까만은 그는 수다한 사람의 추천(推薦)으로 군소리 없이 동네 이민위원장이 되어 인민재판의 그 무서운 심판관이 됐고 친일파, 악질 지주, 경찰의 염라대왕이 된 것이나 본래 유순하고 타협적인 그는 무질서한 사감을 갖지 않고 좀 더 호의적으로 재판을 진행시키려고 노력했다. 사실인즉 인민위원장이나 재판장으로 될 만한 사람으로 노덕보를 능가할 만한 사람은 없었으니까……. '구두호천(口頭呼薦)으로 아무개를 인민위원장으로 추대 동의합니다'라고 누가 운을 떼면 거의 군중들은 "좋소! 이의 없소! 그렇게 합시다!" 하고 결정해 버리니 간단하고 빠르기는 했다. "모리 이놈의 새끼, 죄상은 여러분이 아실 것이고 그러면 어떻게 할까요?"

"그런 것을 물어 볼 것이 무엇이다요. 없애 분져야지 살려줘요? 그놈이 청결 검사날 마당에다 똥 싼다고 그 집 개를 구둣발로 차 죽인 놈이요. 물어 볼 것 없이 치웁시다."

"옳소! 옳소! 처치 합시다!" 사방에서 그 사람의 동의(動議)에 재청하는 목소리가 높아지고 모리의 운명이 풍전등화가 되었다. 인민위원장 노덕보가 일어섰다.

그 시기 인민위원회 위원장이나 치안대장등 크고 작은 말단 조직의 장은 거의 고용농민 출신이나 소작인 출신의 무산자들이 임명되었다. 이것은 전국적인 현상이고 어디 예외가 없었다. 그래서 장계 읍내에서도 노덕보가 스스럼 없이 추대된 것이다. 그런 맥락에서 노덕보나 그 자리가 어떤 자리며 자기가 어떻게 해서 그 자리에 앉게 됐는지 모르는 그야말로 무지몽매한 인물이지만 자기가 해야 할 일이기에 재판이 어떻게 돌아가고 있는지는 대강 감을 잡고 있었다.

'응, 내가 저놈 생명을 쥐고 있구나. 저 모리 저놈이 내 말 한마디면 죽고 사는디…….' 생가이 거기에 미친 노덕보는 앉은 자리에서 벌떡 일어나더니 손을 내저었다.

"무신 말인지 알겄습니다. 근디 내 말은 저것 하나 없앤다고 무신 일이 잘될 것도 아니고 그저 속 한번 시언한 꼴 볼 것 뿐인디 음 그럴 것이 아니라 쥑이지 말고 지나라로 가게 쫓아냅시다. 응. 그런 것이 낫지 않을께라. 나도 그새 들은 말이 있는디 딴데서도 쪽발이 경찰놈들 죽였다는 말은 못 들었소. 우리 고을에서만 특별히 살생할 것이 무엇이다요. 생각하면 간을 내서 오독오독 씹어 묵어도 시언치 않을 놈인디라. 자 생각해 보시오들. 왜놈 찢어 죽이기로 들자면 내가 일등이지 않소. 여러분 아시는지 우리 누님 봉애. 시계 뿄셨다고 반병신 맹근 것, 또 내 딸 금백이 정신대 끌고 간 것 생각하면 이 세상에서 나같이 쪽발이한테 이 갈 사람 없을 것이요. 글도 나는 맴이 씌이지 않네요. 저 까짓것 하나 쥑인다고 뭐가 돼요? 쫓아 번집시다. 저것 늙은 것 하나 처치한다고 뭔 큰일이 풀릴 것도 아니고 안 그요. 차라리 조선 놈 친일파를 한 놈이라도 잡아챕시다. 꼭 씹 속의 가강니같이 아양 떨고 쪽발이한테 제 처첩까지 바친 공XX 같은 놈을 단번에 쳐 죽이는 것이 훨씬 속시원하고 뒷일을 위해서라도 좋을 성싶으니 그리합시다. 내 청대로 해주시오."

그 말이 끝나자

조용하던 자리가 금방 벌집을 쑤신 꼴이 되고 말소리들이 높아졌다. 더러는 고함소리도 나고

"아니 노덕보 씨, 당신은 창시도 쓸개도 없소. 딸까지 뺏기고 그런 소리가 나오요? 분도 안 나요? 세상에 그렇게 뺙다구도 없소. 안 돼라우. 저놈은 쥑여야 나도 저놈한테 청결검사에서 불합격 맞았다고 귀쌈을 얻어 맞은 것이 시방도 왼쪽귀가 안 들린당개라. 안 돼라."

"그려, 다 맞는 말이고 저 씨벌놈한테 안 맞고 안 채인 사람 없는디 살려줄 수 없어라. 때가 됐으니 인제 죽입시다. 여러분 내말이 틀렸소?"

같은 말만 계속되다 또 한 번 노덕보 말로 판은 가라 앉았다.

"나도 우리 봉애 누님 일 생각하면 당장이라도 초상내고 싶은디 그것이 아닌 것이 한이요. 두말할 것 없이 풀어 줍시다. 딴디는 소리가 없는디 이 바닥에서만 쪽발이 경찰 초상나면 말도 사납고 그러니 눈 감아붑시다. 종게 존 것잉개요."

그 시기 해방되고서 일본놈 총독 아베노부유키는 머리를 썼다.

이 상황에서 일본인들을 조선 민중에게 맡겨 놨다가는 일본인 다 죽게 생겼다는 생각에서 팔방미인이고 친미적인 여운형한테 행정권을 이양하고 그 보호 아래 시간을 보내다가 9월 9일에 상륙한 맥아더에 또 붙어 목숨 구걸해 일본은 생명의 위협이나 재산상 손해를 받지 않고 돌아갔고 또 북한보다는 다소 유화적인 남한민중의 호의로 목숨을 부지하고 제나라로 돌아갔던 것이고 북한보다는 남한이 유화적인 증거는 곳곳에서 찾아볼 수 있었다. (필자주)

북한에서는 잔인무도한 소련군과 북한인민의 잔학으로 북한, 일본여성이 유린당한 실록소설 流れる星は生きていゅゎる이 있을 정도로 북한민과 소련군의 잔학은 가차 없었다는 것.

수기의 주인공 후지하라데이가 두 딸과 만주에서 압록강을 넘어 38선을 넘을 때까지 무려 55회의 강간을 당했다는 피의 기록은 그후 베스트셀러로 세계에 팔렸다는 것은 남한과 북한의 대 일본관의 차이를 잘 보여주는 보기다.

어떻든 남한 내 일본인은 위대한 정치가 여운형 덕에 큰 희생 없이 목숨을 부지할 수 있었고 그것이 훗날 양호유환(호랑이를 길러서 화를 본다는 養虎遺患)이 되고 후일 한일 협상 때 한 고문으로 왔던

다나카 가쿠에이 같은 자는 자기 일기장에 지금도 조선 사람들은 일본이 또 한 번 지배해 주기를 바라고 있다는 인상을 강하게 받았다고 쓸 정도로 일본을 사실상 부흥시킨 책임을 모르고 있는 것이 통탄할 일이다.

그 책임은? 오늘 일본은 앵무새처럼 독도는 자기들 것이라고, 위안부의 그런 일은 없다고 잡아떼도 말 한마디 못하는 친일파 보수당 일파에 있다고 해도 과언이 아니다

각설하고 노덕보의 그 말 한마디는 많은 사람들 판단에 혼란을 줘 그 자리에서 결정을 못 내리고 그 다음날에야 추방으로 가닥이 잡혀 모리는 그대로 전주로 압송(귀환) 되는 것으로 끝났다. 노덕보는 그처럼 그런 생활신조로 자기 생을 마무리하고 있었다. 선한 끝은 있어도 악한 끝은 없다는.

딸 금백이가 끌려가던 날 그날도 오늘처럼 날씨가 푸르고 청명했다. 그 흔적이라도 찾을 것인가 하는 그들의 그 무렵 생활이었다. 그게 벌써 삼 년 전 뒷동산 뻐꾸기는 개개비 둥지를 버릴 때가 됐는지 개개비가 없어도 나르려고 푸드득거린다. 그 숲속에도 뜨거운 민중의 함성. "조선독립만세! 조선독립만세!" 소리가 메아리치고 있었다.

그렇게 빨리 1945년의 가을은 가고 있었다. 그러나 이들 내외는 그렇게 천지신명께 빌고 빌어도 딸 금백이 그림자는 그 어디에도 없이 또 날이 저물고 있었다.

그해 을유년(1945년)은 유독 더웠다. 그래서 숨 막히게 갑갑한 전쟁말기의 일본은 아우성이었다.

1945년 8월에 거의 숨이 넘어간 일제는 8월 15일 드디어 포츠담 선언을 받아들여 무조건 항복을 했다. 그러나 더운 바람이 일시에 빠져나가면서 일본의 패배를 조롱하듯 무서운 태풍을 몰아왔다. 그것이 왜것들이 걱정하는 계절풍 니햐꾸 도까(우리의 칠월백중 살이)라는 것이고 그것이 대형화 해서 마침내 태풍이 된 것이고 그 피해가 커서 전국적 규모로 확산돼 가뜩이나 패전으로 몸살을 앓은 일본에 치명타를 준 것이다. 조선에서는 불쌍한 조선민족을 위해 하늘이 내린 천주(天誅)의 바람인 평난 바람이라고 자축하며 그 태풍에 시달리는 일본을 이죽거렸다.

한쪽에서는 해방바람 또 다른 쪽에서는 평난바람이라고 자축하기도 했다. 그 며칠 전인 1945년 8월 7, 8일쯤에는 그 무섭던 일본 공군의 전투기 제로센, 돈류, 시뎅, 같은 최신예 전투기로 일체

자취를 감추고 일본 상공이 무주공간이 돼버렸다. 그 대신 미공군 B29SK. 럭히든 B36 같은 중폭격기가 그 위용을 자랑하며 무주공간인 일본상공을 제 집처럼 유유히 날고 있었다. 패전이 임박한 숨막히는 시간, 그해 가을은 오고 있었다.

그 시각 저 멀리 남쪽은 아직도 만물이 잠이 모자라 눈 비비고 있는 시각 파도 높은 자바섬 라바우루 항구에는 소란이 벌어지고 있었다. 일본 병사를 만개한 수송선이 수십 척 그 항구를 빠져나가려고 작은 소동이 벌어지고 있어서였다. 그 섬을 탈환한 미국이 곧 들이 닥치기 때문의 퇴각 작전이었다. 한 척, 두 척, 세 척이 아닌 수십 척이니 즈들끼리 충돌해 침몰하는 것도 있고 조타 실수로 침몰하는 등 아우성이었다. 그러나 그 우환 중에도 일본군 배에서 노랫소리가 들려오는 게 이상한 일이었다.

고이시라버 우루요 마따구루 마데와 시바시와까레네노 나미다니 무세부(그리운 라바우루여 다시 올 때까지 잠시의 이별이라 어찌 눈물이 없겠느냐.)라는 왜군의 군가의 일부였다. 섬을 빼앗겨서 도망하는 주제에 부른 군가 내용치고는 오만불손하지만 그 안에는 재탈환의 의지가 넘치고 있었다.

그때 남태평양에서는 일본군과 영미군 사이에 꼭 닭잡이질 하듯 애초 영미군의 점령지였던 도서를 일본군이 점령한 것을 재탈환하는 악순환이 되풀이 되어 진풍경이 벌어지고 일본군은 빼앗기지 않으려고 옥쇄(玉碎)작전으로 나가 섬을 지키는데 워낙 영미 화력이 강하니 전원 몰사하는 것을 옥쇄라는 어리석은 짓으로 자국민만 희생시키고도 옥쇄라고 기고만장 했었다. 그 대표적인 보기가 북태평양의 앗쓰섬의 옥쇄작전이었는데 일본은 자국민에게 군국주의 사상을 주입시키기 위해 이 앗쓰섬에서 죽은 장병 33명을 군신(軍神)으로 야스쿠니 신사에 봉안한 사기극으로 국민을 기만하여 그 전쟁을 계속해 왔던 것이다. 이것뿐 아니라 그보다 절묘한 방법이 있었으나 일일이 말할 수 없는 것이 유감이다.

폭탄 삼용사로 중일전쟁 때의 이야긴데 그것도 사기극이다. 그것을 미화해서 국민학교 교과서에 수록해 국민들의 군국주의 사상교육에 이용한 것도 좋은 보기다.

지금 그 배들이 떠나고 있는 그 부두에는 수많은 사람들이 손발을 흔들며 발들을 구르고 있다. 그들은 일본군이 떠난 뒤면 쳐들어 올 영미군에 걸리면 학살당하거나 고통 받을 사람들이라 도망

갈려면 우리도 데려가라는 애절한 울부짖음이었다. 그러니 그 자리가 무엇이 되겠는가. 남아서 만세를 부를 사람들과 죽을 사람들이니 어찌 희비가 엇갈리지 않겠는가.

도망가면서 부른 군가며 섬에 남은 사람 중에는 환호하는 사람이 있으니 그중에는 일본군한테 짓밟히던 조선인 위안부가 어찌 없겠는가. 그들은 갈피를 못 잡고 우왕좌왕해 우선 그들의 감금을 면했다는 기쁨은 있으나 앞으로 살길은 캄캄절벽, 그렇지 않겠는가. 그런 일을 당했으니. 그래도 갇혀 살았지만 밥은 얻어 먹었었는데 이제 일군이 나가면 성노예 생활은 면하나 창자를 누가 채워 줄 것인가. 한숨이 새어 나왔다. 일군이 도망가면 소문대로 영미군이 들어온다는데 그러면 그들의 먹이가 안 될까 하는 걱정이 어찌 없을까. 그러나 일본이 항복한 뒤 섬에 들어온 영미군은 조선인 위안부를 거들떠보지도 않고 들개보다 더 천대하니 서럽기 그지 없는 일이었다.

그런 일이 비단 이 섬뿐이 아니고 일본군 행패가 여기뿐이겠는가. 전쟁에 지면 차라리 죽는 게 낫다는 옛말이 사실로 증명된 것이다. 왜것들 속담(금언)에 이런 말이 있고 그것을 진리로 알고 그것이 최고의 인간 사회의 가치로 첫째가는 것 중에 하나인데 「다

쓰도리 아뚜오니고시스」 날아가는 새는 앉았던 자리를 더럽히지 않는다는.

자, 이 얼마나 살뜰하고 숭고한 가르침인가. 그들은 그것을 지고의 가치로 받든다. 그런 그들이 이 지경으로 뒤를 흐리고 수라장을 만들고 도망가니 그것이 전부 거짓이고 눈속임이고 사기극이었던 것이 증명된 것이다. 이 자바섬에서의 일군들의 형태는 어떻게 설명해야 할까.

내리쬐는 폭양에 야자수 이파리도 이제 시드는 카르트섬 거기도 지옥이었다. 여기도 일군이 도망가고 위안부들이 산 입에 거미줄 못치고 별짓을 다하고 있는데 금백이라고 무사하겠는가.

금백이는 시방 구름을 보고 있었다. 표정도 없고 더구나 생기도 없는 그 얼굴에는 무심한 뭉게구름의 그림자가 지나갈 뿐 바람도 없다. 아까 아침 나절에 받은 십여 명의 왜군병사와 몸싸움 같은 성교는 차라리 굶주린 몸이 금방 땅속으로 꺼져들 것만 같은 허탈을 느끼게 하며 허우적거리다 눈을 뜬 기억, 그리고 또 끌려 나가 당했다. 그러니 내가 살아있는 몸둥아린지 죽은 몸인지 모르게 잠이 쏟아지고 그냥 기를 놓아 버렸으니 그것으로 끝난 그 다음날 또 당한 기억, 울면서 잠이 들었고 그 다음날 먼 데서 뱃고동 소리가 들리고 머리가 쑤시고 무거웠다. 또한 놈이 자기 몸을 누르고 있었다. 눈을 감아버린 몸을 내어 맡긴 채 있었다.

"어이 어이 도시나까 신다까"(야 야 어찌 된 거냐. 죽은 거냐.)

"도오까 우고이데 미로 직쇼"(어떻게 움직여 봐. 이 간나.)

죽은 듯이 내어 맡기고 있으니 올라탄 놈도 갑갑하고 성이 안차 내지른 악담이었다.

하도 얄미워 몸을 비비꼬다 배 위에서 떨어 뜨리려고 앙탈을 부렸다.

"소오다소오다 하하하 오마에 모이이까."

(그래 그래 그래야지, 하하하 너도 좋냐? 또 한 번!)

따끔한 것은 아무것도 아니었다. 웬놈의 성기가 커서 송곳으로 쑤시고 칼로 저미는 그런 아픔이었다. 입이 절로 벌어지고 아이고 하는 비명이 새어 나왔다. 성기 밑이 쭉 찢어지는 것 같은 파열감이 뒤따르면서 몸이 뒤틀리고 사지가 각 노는 것만 같고 못 참고 서둘러 두 발로 그 사내를 내질러 버렸다.

아무리 여자, 며칠을 굶고 시달린 몸이지만 그 몸에서 솟아나는 기운이 양다리에 모아졌는데 그 사내 몸하나 차내지 못할까. 아랫

배를 차인 사내 목이 조금 솟아 올리가 바람 먹은 연이 실이 툭 끊어지듯 그만 저만치 금백이 발치에 엎어졌는데 그 자리가 하필이면 헌 무기가 널려 있는 곳인데 거기에 떨어지면서 지른 비명은 오직 한마디 '윽'이었다.

"지꼬(사고)다 갸쓰오 힛도라에"(사고다. 저것을 묶어라.)

우르르 경비병들의 와서 널부러진 그 병졸을 떼메 업고 위생방으로 달려가고 그렇게 황군을 차버린 금백이는 금세 걸레가 돼 영창에 갇혀 버렸다.

그 왜놈, 금백이가 느닷없이 춤추듯 갑자기 몸을 움직이자 그렇게 자반뒤집기를 하는 여자가 제 성기를 받고 일어나는 쾌감 때문으로 지레 짐작하고 히히거린 것이다.

기절한 금백이는 얼굴에 찬물이 들씌워지면서 제정신을 찾았다. 정황을 보니 사내놈은 중상인 듯, 헌 걸레가 될 때까지 찢겨진 금백이는 그냥 내버리고 감시병은 사라져 버렸다.

집에서 입고 온 돔벙치마 같은 것과 색바랜 무명 저고리가 살을 가리고 있었다. 기온 섭씨 30도가 정상인 이 자바섬에서 그 무명 걸레를 걸치고 있으니 땀이 나도 얼마나 많이 나겠는가. 냄새는

진동하고

"이놈 가스나야 숭포 떨지마라 잉. 그까짓 사내새끼 하나 받고……. 거짓 지랄 고만 해라마. 또 그리 숭포 떨면 그때는 내가 그 버르장머리 고쳐 줄끼다."

그것은 위안부 고참이고 왜놈 앞잡이로 위안부 반장인 경남서 왔다는 낭자머리 30대 여자의 독설이었다.

1943년 가을은 그렇게 시작한 금백이의 위안부 생활은 이미 몸둥어리는 헌 걸레가 됐고 그러나 경험은 쌓여 남자 다룰 줄을 알게 됐다. 처음 사내를 배 위에 올려놓고 펑펑 울던 열여섯 금백이는 이제 나이 열일곱의 위안부로 왜놈을 다룰 줄 아는 한 사람의 관록 있는 위안부로 성장해 있었다. 수백 명 왜놈 중에서 어쩌다가 징병이나 지원병으로 온 조선 청년도 있어 고향을 생각하며 살을 내주며 울던 기억. 그것은 손가락으로 셀 정도고 전부가 무지막지한 왜군들이기에, 그 껍질을 벗긴 도마뱀이나 생기다 만 뱀 같은 히여멀뚱한 엄지손가락 크기의 사람새끼를 몇 개 쏟아낸 그 핏속에서 그것을 보고 저것이 내 새끼가 아닌가 하는 얄궂은 호기심에 끌려 나뭇가지 끝으로 돌려보고 행여나 움직이는가 하고 굽어다 보던 일, 저게 분명 내 새낀데 하는 울컥한 설움 같은 반가움

그리고 그것은 눈물로 끝내야 하는 만남이란 것을 알고 돌아섰던 일이 두 번? 세 번? 생각하기도 싫은데 때없이 치밀어 오를 때가 제일 괴로운 시간.

그러나 그 희뜨끄끔한 생물은 묘한 애착을 남기기 때문에 나뭇가지로 땅을 파서 흙으로 묻어준 그것이지만 그 묻은 것이 또 보고 싶을 때가 있는 것이 괴이하였다.

어제도 한 놈 왜놈을 배 위에 얹고 자기 나름의 요령을 부려 애를 먹였다. 그놈도 땀만 흘릴 뿐 쉽게 열락의 경지를 못 찾고 땀만 흘리다가 내려오고 말았다. 금백이는 회심의 미소로 그 자를 발로 슬그머니 밀어 버렸다. 그렇게 성교의 비법(秘法)까지도 터득하고 왜병들을 골탕 먹였다.

"너 조선 여자 맞지? 어디서 왔어?"
"그건 왜 물어요. 일어나 빨리 끝내요."
"뭐 이거 꼴로 볼 것이 아니네. 응 조선 맞지?"
그 조선인 지원병은 구니모또로 창씨한 구니모또 이찌오.
왜놈들한테서는 맡을 수 없는 마늘냄새가 눈시울을 후끈거리게 했다. 그들이 마늘을 안 먹은 지가 오래되지만, 그것은 입에서 나는 냄새가 아니고 마음의 냄새였다. 그 사람과의 성함에는 시간이 걸렸다 그도 그럴 것이 금백이가 마음먹고 보듬어 안은 사내인데 어쩔 수 없는 일이 아니겠는가. 그 바람에 다음 차례가 불평이었다. 그러니 경비 조장 놈이 좋아할 리 없었다.

"손나니 조센진 다찌노 고오바니와 지깐가 가까 루까."
(그렇게 조선 것들은 X하는데 시간이 걸리느냐.)

그건 분명 비아냥이고 질책이었다.

그들 눈에서 보자면 하찮은 위안부 신분이지만 동족끼리 히히덕거리니 얼마나 속에서 열불이 나겠는가. 그러나 왜것들의 그 정도의 쓸까스름은 차라리 약과였다. 그렇게 해서 조선인끼리의 풋사랑은 익어가고 서로의 재회를 언약하고 헤어졌다. 그녀를 학대하는 왜것들이지만 피와 피가 통하고 냄새가 통하는 겨레끼리의 살섞음은 어쩔 수 없이 뜨거워지고 그 근처 포로수용소 경비병인 그는 용케 틈을 내 두 번째 만나고 세 번째 만남에서 깊은 이야기 오고갈 정도가 되고 비밀이 싹트고 드디어 그 비밀을 실현하기 위해 두 사람은 가슴을 태워야 했다. 두 사람은 시간이 갈수록 입 안에 침이 마르고 사방을 둘러보는 일이 잦아졌다.

"이봐, 금백이. 이자 이 전쟁도 끝이 났다. 도망가자. 죽기 아니면 살기다. 나 고향에 애새끼까지 있으나 니가 좋다. 가서 같이 살자. 작은각씨라면 어떻냐, 돈도 있고 굶어 죽지는 않는다. 가자 응? 이렇게 부추기는 그 말 끝에 떠오르는 것은 고향 산천도 그렇지만 엄마가 굵은 삼베로 만들어 준 존 서답(월경대)과 그것을 차고 연한 사타구니 곁에 살갗이 벗겨져 쓰리던 기억. 그 끝에 그 첫 월경을 받은 존 서답을 찬 채 남지나해 열대우림 야자수 속 그들의 위안부 막사에서 겪은 생지옥이 주마등처럼 스쳐갔다. '그래 이 위안부 생활도 끝낼 때가 됐고 일본은 망해 가는데 내가 쓰레기처럼 거기 묻혀 죽을 수는 없다!'

금백이가 그 조선인의 권유를 받고 결심한 것이 이미 전선에서는 생지옥이 벌어지고 위안부들 수용 위계질서도 없어져 가던 때, 아버지 노덕보가 생각나고 오빠 셋이 보살핀다면 부모 두 분 누가 거천 못할 것도 없는데, 근심은 끝없이 이어지고 두 분 무사하기를 축수했다.

다른 사람은 해방이네 조국이네 조선을 입에 올리고 은근히 고향땅 밟을 것을 기다리는 눈치지만 다 걸레가 된 이 가시내가 설령 살아 돌아간대도 무엇이 될 것인가. 그 사내 조선인 구니모토 이찌오의 얼굴이 다시 보여지고 그의 말을 반신반의 하기도 했다. 그리고 그가 말한 대로 살아 돌아가 그의 작은각시가 된다면……. 거기까지 생각이 미친 그녀는 답답한 나머지 발을 동동 굴렸다. 그녀는 여태껏 자기가 누구의 각시가 된다거나 어떤 자리가 마련 될 것이라는 생각은 아예 하지 않았다. 그런 일은 이미 자기에게 는 차려지지 않는 손이 닿지 않은 높은 선반 위의 음식 같은 것으 로 치부하고 있어서였다. 그것은 슬픈 체념이었다.

어떻게 하면 돌아가서 밥이나 굶지 않고 살 수 있을까. 그게 큰 근심이었다. 일찍이 금박댕기 꿈을 안고 동네 위 아래뜸을 넘나 들 때 각시 놀음에 엄마 성화를 듣던 그때 앞동네 갑돌이와 뒷동 네 삼순이가 가시 버시 되어 원삼족도리에 연지곤지 찍어 바르고 수줍게 꽃가마 탈 때 동네 조무래기 가시내들은 얼마나 그 모습을 부러워했던가. 오냐 나도 더 크기만 해라. 정든 임 말 타고 앞장서 면 자기는 꽃가마 타겠냐는 무지갯빛 꿈에 취해서 헤헤거리던 그 때가 벌써 옛적. 그 무지갯빛 꿈은 사나운 폭풍 속에 갈기갈기 찢 겨 나가고 시방 거지가 돼 일본군의 추격을 받고 있음에랴. 그 가 시내 머시매는 무슨 호팔자 타고나 일찌감치 가시버시가 돼 밤이 면 숨소리 죽여가며 웃는 웃음소리가 동구밖까지 새어 나오는데 이년은 어쩐 일로 이 모양 이 꼴이 돼 신설고 물섫다는 이역 천만 리 산거지가 됐는지, 흐르는 게 눈물이고 이가 갈리는 것이 일본이라는 오랑캐 족속, 왜 우리는 그들처럼 남을 타고 지내지 못하고 밑씻개가 되어 그들의 오물을 빨고 마시고 씹어야 살 수 있는지, 피가 다르고 살이 다른 민족에 이제 눈을 뜨기는 했으나 아직도 그들의 미끼가 안 되고 살아가는 방법을 모르고 있으니 얼마나 분통터질 일인가. 그들은 분명 오랑캐고 우리는 똑떨어진 조선사람인데 그런데 같은 조선사람이라도 있는 놈과 없는 놈으로 갈리어 없는 놈이, 있는 놈 하인이나 종이 되는 수수께끼는 아무리 해도 풀 수 없는 어려운 문제였다.

그것은 조선인 지원병인 구니모또 이찌오의 입을 통해서 알게 된 일이고 자기도 그 수수께끼의 끝이나마 더듬어 보려고 마음도 먹어 본 것이고 자기 자신을 뒤돌아보기 시작한 시초가 됐다.

"야 금백아, 이자부터는 내 손 꼭 붙잡아야 살기다. 내 손 놓는 날이 죽는 날이다."

미군이 공습과 일본 패잔병들의 역습으로 거의 폐허가 돼 그 인근 도시의 질서는 엉망이고 양쪽에서 사격을 받은 원주민들이 혼비백산이었다. 그러니 거기 쓰레기처럼 버려진 조선인 위안부는 누가 거둘 것인가. 그들의 운명은 흡사 사당패 어름사니가 밟고 있는 외가닥 삼줄 위의 어름사니와 같이 위태위태한 운명이었다. 비끗하면 끝장나는 그들의 불안. 지금 금백이는 그 사내에게 손을 잡혀 피난길을 찾아 두리번거리는데 불안하기는 마찬가지였다.

그 시기 위안부 상태는 어떠했는가. 자바 스마트라 보르네오, 멀리 태평양 산의 앗쓰도 등 넓은 남태평양에 산제해 있는 외인부대나 수용소는 패색이 짙어지면서 그 관리체제가 무너지고 각 부대마다 독립수비나 관리를 하고 있어 이웃 섬이나 지역이 이미 적지나 다름없었다. 그러니 살아남은 위안부들이 어디로 갈 것인가, 아사자 도망자가 부지기수. 금백이도 그 사내도 각도서 원주민의 도움으로 아사를 모면하고 있는데 일본군의 추격대(수색대)가 문제였다.

그들은 탈영병이나 위안부는 바로 총살해 버려 절체절명. 이들은 자기들 말고 두 사람의 위안부를 데리고 있어서 더 조심스러웠다. 그 사내는 어쩌면 두 위안부를 희생시키는 한이 있더라도 금백이만은 살려서 도망가자는 속셈이었다.

그럴 수밖에 없는 것이 그 두 사람 보호하려다 금백이마저 해가 미칠 수 있기 때문이었다. 고향에 처자까지 있는 시니는 금백이를 살려줘도 고향에 가서 제 뜻대로 움직여 줄지 그것이 믿기지 않기 때문에 한편 주저도 하지만, 놓기는 아까운 몸을 가진 것이 애석해 잡은 손에 꼭 힘을 줬다. 그것은 금백이가 아직 위안부로 있을 때 금백이 몸의 오묘한 매력을 터득하고부터 생긴 욕심이었다.

왜군과 위안부로 만나 살을 섞여 서로의 체온을 확인했을 때 비로소 아내에게서도 못 느낀 여체의 비밀을 알고 눈을 흡떴다. 나이 16세의 어린 몸으로 무지막지한 왜군들과 자반뒤집기는 물론이고 인간으로서 반항의 몸짓이 어찌 없었겠는가. 하나, 둘, 셋 왜군을 거치면서 방어의 체위(몸놀리기)가 거듭 할수록 그녀는 그런 동작으로 왜군을 조종할 수 있게 됐고 능수능란한 성교의 비결을 터득했고 그것을 응용할 수 있게 됐다.

그것이 어쩌다 조선지원병인 구니모또 이찌오와 만나서 정을 나누는데 어찌 몸을 아끼리요, 있는 힘을 다해 보듬지 않겠는가. 몸속의 뜨거움을 있는 그대로 내뿜으며 마주 엉겨 끌었다. 구니모또로서는 자기 고향 시골의 아내에게서도 일찍이 맛보기 못한 성의 열락에 빠져들고 혼이 빠져 버린 그는 "아니, 너 혹시 기생이었느냐 응. 그렇지? 그리고 긴짜꾸 아니냐?"

"그게 무슨 소리여?"

"응 그래 그럼 됐다. 그것 참······."

그 시기 조선에서는 무릇 윤락녀(淪落女)를 기생으로 대명했었으니까.

그는 군대에 나오기 전 조선에서도 짖궂은 친구들과 와이당(외설)에서 그 긴짜꾸란 말이 들어 있고 그도 그 말을 들어서 그 뜻을 알고 그저 속으로 히히거릴 뿐이었다.

그런데 금백이한테서 그런 기미가 있지 않는가. 착각을 받았으니 허 참 그래 그 여자가 그럴까? 하고 의문을 가질 정도였으나 왜군 위안부 속에서 그런 여자를 만났으니 입에서 침이 주르륵 흐르고 또 아래가 묵직해지고 허허거려졌다. 긴짜꾸라면 왜말인데 한자로 쓰면 건착(巾着)이 되고 그 뜻은 주머니라는 것이다. 여자의 성기가 그 주머니처럼 생긴 것이 있어 성교하다 흥분하면 그 주머니끈을 죄어 성기가 오므라들어 남자에게 천상의 쾌감을 준다는 것. 천에 한 사람 있을 법한 희귀물인데 지금 겪고 보니 이 여자가 바로 그 말로만 듣던 긴짜꾸인데 홰까닥 머리가 돌아버린 것이다. 그는 무릎을 쳤다. 금백이가 혼신의 힘으로 그러안고 몸을 뒤챘으니 그 불에 타지 않을 사내가 어디 있겠는가. 금백이 자신도 모르는 일, 자신이 그런 특이한 성기를 가졌으리라는 생각을 애초에 없었다. 그러니 분명 그런 성기의 소유자라는 것이 그 조선인 지원병으로 해서 입증되지 않았는가. 금백이는 수없이 겪은 왜군에게도 아직 자신을 있는 그대로 내보이거나 대한 적이 없었기에 그 비밀은 아직 처녀성을 가지고 있던 것이다.

그 뒤 구니모또는 서너 번 감시의 눈을 속여 금백이를 상대했으나 그 심증(心證)은 더욱 굳어질 뿐 요지부동이었다.

'옳지 금백이를 도망시켜 고향으로 데려가자.'

그런 엉뚱한 꿈을 꾸며 금백이와 또 두 사람 위안부를 데리고 탈출한 그는 일본군이 수색대의 추격을 받게 됐다.

'그래 이 꼴이 돼서 고향이라고 돌아가서 원삼쪽도리 쓰기는 이미 틀렸고 저 사람 첩이라도 돼서 그럭저럭 살면 안 될까. 그런디 나같이 이미 몸이 망가진 년이 새끼 낳기도 틀렸고 남의 자식이라도 잘 키워서……. 거기까지 생각이 미친 금백이 눈에서는 굵은 눈물 방울이 톰방하고 치마 폭에 떨어졌다.

먹은 것이 시원찮은 것이 하루 잘해야 안남미(安南米)라고 아열대지방 인도차이나나 필리핀, 캄보디아, 태국 등지에서 생산되는 쌀(일 년에 세 번 수확하는)을 먹으니 먹어도 먹어도 배는 고프고 진기 있는 조선쌀만 먹다가 그것을 먹으니 거의 허천병이 든 그녀는 누렇게 부황이 든, 꼭 옛적의 중국에 있던 쿠리처럼 일 년 가야 목욕 한번 없고 갈아입지 않은 의복 그저 먹고 길바닥에서 자는 짐승과 같은 쿠리들 몰골이었다.

"가만 있거라. 금백이 니 저 사람 좋아하지. 도망칠 때까지 내가 도울 테니 말만 듣거라. 그때는 쪽발이 눈치 보느라 느그덜한테 못된 짓도 했지만 다 살라꼬 그런것이니깨네. 응. 내 하잔대로 하자잉." 그 여자는 신성녀라고 낭자머리로 끌려온 여자였다. 언젠가 금백이가 시키는 대로 말을 안 듣자 왜군 편들어 금백이를 윽박지른 적이 있는 여자지만 지금은 판새가 뒤집어지니까 태도를 바꿔 금백이를 돕는다고 수다를 떨고 있는 터. 그 여자도 일찌감치 도망나와 통추(洞秋) 근처 중국인 부호의 가정부로 들어가 몸을 숨기고 그 세 사람을 돕는 여인. 그러나 그게 불행의 시초가 될 줄은 모르는 금백이나 그 동료도 그 신 여인을 따르고 그 여인이 남모르는 동굴에 숨어서 숨을 돌렸으나 그 여인은 끝내 일본군 수색대에 이를 밀고하여 수색대의 급습으로 동굴에서 끌려 나와야 했다.

조선사내 구니모또는 현장에서 즉결처분되고 세 사람 위안부는 다시 수용소에 간혀 버렸다. 이 얼마나 가증한 이중배신인가 그러나 불행 중 다행이라고 그 뒤를 추격한 미군의 도움으로 목숨을 건진 금백이는 자기 눈앞에서 처형당한 조선인 구니모또 이찌오의 시체를 보고 이제는 고향길이 영영 막혔다고 또 울었다.

그것이 어쩌면 제 생명을 다해 정욕을 바친 조선인 남자에게 보내는 추모의 눈물인지 몰랐다. 그 짧은 사이에 금백이는 몇 번의 인생유전(人生流轉)의 드라마에 몸소 출연했고 그 시청자가 되기도 했다.

고국으로 돌아가겠다는 서글픈 꿈에 부풀기도 했으니 허망하게 죽어버린 구니모또가 야속하기도 했다. 그녀는 그 무렵 조선에서 입고 간 옷은 다 걸레가 되고 살을 가릴 것이 아무것도 없어 일본군 수색대의 눈을 피하기 위해서도 변장이 필요해 인도차이나 근처 원주민이 즐겨 입은 아오자이라는 옷으로 몸을 가리고 있었다.

아오자이

  정글과 아오자이라면 누구나 의심 없이 대하는 원주님의 의복, 우리나라에 한때 유행했던 판탈롱 비슷한 여자들 속옷 같은 만듦새여서 드리없이 입는 것이 편리하나 맵시가 없는 것이 흠.

  빨아서 말려 다리고 어쩌고 할 것도 없이 탈탈 털어서 입으면 되니까 게으른 여자 입기 꼭 좋은 옷으로 우선 위장해서 그들에게 섞여드니 피부색 같겠다, 머리 빛깔 같고 얼굴조차 황인종이니 꼬리 잡힐 것도 없이 그 고된 정글 생활을 해 나갈 수 있었던 것. 금백이가 아오자이 덕에 살아나기는 했으나 사방팔방이 피난민

거지 떼와 같이 허둥댈 뿐 고향으로 가겠다는 목표만 있었어도 하다못해 동서남북은 작정하고 길을 잡았을 것인데 그것이 없으니……

조선민족의 특징 중 유독 끈기가 있는 그녀들도 이런 역경을 만나니 무르고 쉽게 무너지고 만다. 민족성이 희박해진다는 것. 친절, 호양 같은 것이 없어지고 독선과 고집이 앞서 시비가 생기고 상대에 대한 불신이 극에 달하고 콩 한 쪽도 나눠 먹는다는 우애는 간 데가 없어지고 만나면 묻는 고향 이야기~. 닥쳐올 앞일을 수심 많게 걱정하기도 하지만, 지금 조선 사람으로 그들 자신의 근심들 털어낼 기력조차 없어져 버렸다.

어느 여인 나이 들어 위안부로 끌려와 고생하다 어떻게 줄을 잡아 원주민 도움으로 기갈은 면하는데 이 여인이 유독 거지 떼 조선위안부에 잔정을 베풀어 구원의 손길을 뻗쳐와 그에게 의지하고 있는데 고향에는 딸 둘이 살아 있다는 역시 슬픔의 주인공 잘못해서 남편에게 쫓겨나 위안부가 됐지만 원망 않고 자신을 반성하고 있는 양심 있는 여성은 유독 금백이한테 자상했다. 그리고 금백이 건강을 걱정했다.

"야, 이 가시나들아. 니들 멋모르고 벌려준 것은 존데 성병이라는 것 모다 걸렸제. 썩은 일본군, 세계에서 제일 엄격하다는 그것들 좆 뿌리는 벌써 썩어 삔진기라. 임질 고름이 질질 흐르는데 그걸 조선위안부한테 또 쑤시대니 뭐가 되겠노. 좆 뿌리가 썩어서 걸음을 못 걷는 것은 그만 두고 아이고 말을 몬 하겠다. 황군? 지미 씹할 황군! 매독이 걸려서 코가 헐렁헐렁한 것들이 무신 전쟁? 세계평화? 어쩌고 하이고 기가 막혀서 나도 수없이 임질 매독 요 꼬네에 걸려 그 병을 그놈들한테 되돌려 줬는데 그기 불쌍한 조선 청년들한테 옮겨 걸려 찔찔 우는 것을 보이 속이 안 좋고 빨리 이 쪽발이 놈들이 뎨져서 세상이 평난이 돼야 한다꼬 생각한기다. 알겠지. 다 걸려 봤제.

그 벵? 약도 엄다. 그 벵 예방약이라꼬 인단 같은 것이 있는데 사내놈들 한테 주는가 분디 그것을 좆구녁에 쑤셔 넣고 볼일 보라는 것인데 그것이 될 일인가. 일도 보기 전에 보지 속으로 쏟아져 들어가니 그것을 당하는 우리가 견딜 수 있어? 그것이 들어오면 쓰리고 아프고 훌훌 뛸 일이제. 그기 성병예방 약인기라. 그기 될 법이나 할 일인가. 세상에 멍청하고 천치 같은 것들. 그런 것들이 세계평화? 대동아공영권 어쩌고 자다가도 웃을 일이고 암캐가 숫캐 올라 탈 일 아이가~.

말도 조선 말은 사촌까지는 알아보고 궁둥이를 튼다는데 말이다. 그것들은 사람도 사촌이나 형제도 없이 올라타고 쑤시고 개지랄 아이가. 뭐 덴노헤이까? 참 웃기는 종자들. 그것들은 반드시 육촌 안으로만 붙는다는데……. 그러니 전부 그 사이가 뭐가 되노응. 그러니 생김새가 모다 비슷비슷해서 어느 놈이 아저씨고 형이고 동생이고 분간을 못해서 우스운 일도 많다는 기라. 낳아 놓고 보이 전부 반펜인기라. 말하자면 팔푼이 하나, 둘, 셋도 모르는 그저 입 달리고 코 달려 주딩이로 밥 들어가니까 커나가 그것도 알고 그러자 암내도 나고 또 6촌끼리 붙어 놓으니 그 꼴이 뭐가 되겠노. 왜말로 '바카'라고 많이 들었제. 그 바카가 생겨 난 거지. 커서 결혼시키면 용케 구멍은 알고 쑤셔 박는데 쑤셨다 박았다 하는 짓은 겨우 하는데 그것도 하다가 빠지면 제 손으로 얼른 구멍을 찾아 또 쑤시면 되는 것을 그 짓을 못하니 그 부모는 그것을 미리 알고 내시 한 사람을 그 공사하는 방 밖에 대기시킨다니 우습지 야들아!"

거기까지가 흥미가 진진했는데 거기서 말을 끊으니 세 사람 위안부들 흥미가 깨지고 그 다음을 발을 구르며 재촉할 것은 당연. "그래서 어쨌어요?" 하고 채근할 수밖에.

"이 바보 같은 자 어찌 할 바 모르고 방 밖에다 대고 대갈일성 내시를 부를 수밖에. "마따 누께 따리"(또 빠졌노라.)하고 그러니 양손에 대 젓가락을 들고 대기 중인 내시가 얼른 "하이 하이 가시고마리 마시다"(예 예 알아모시겠습니다.) 하고 불불 기어가 그 긴 대젓가락으로 빠진 그자 자지를 들어 올려 다시 구멍에 대 주면……. 그때야 피스톤운동은 재개되고 내시는 물러가고 그런 그것들이 시방 이 난리 맹근 거 아이가 이 가스나들아."

키키키 크크크. 웃음소리가 터지고 얼마나 우습고 한편 슬프기도 하는 이야긴가.

"아이고 아지매. 글도 그 구녁은 알겄제라 거짓말 아인교?"

뒤를 누르는 소리지만 그 진위를 확인하려는 의도보다 어쩜 그 신여인의 이죽거림이 사실이기를 바라는 애닲은 망원이 담겨 있는지도 모를 간절함이었다.

"썩을, 내가 뒈질라꼬 거짓말 하겄노. 다 믿을 만한 데서 듣고 온기다. 이년들아. 쪽발이 그것들은 그것보다 더 심한 더럽고 치사한 사실이 있지만 말 않겠다. 어쨌던 그런 것들한테 걸려 이 신세가 된기 그저 부모 조상을 원망할 수밖에 엄다."

"예, 아지매 말한 대로 거짓 없고 그리고도 남을 것이오. 우리

오빠도 고향에서 왜놈 부녀가 붙은 것을 보다가 들켜 혼난 일이 있으니 참말이제. 그런 것들한테 나라 내준 양반놈덜 뭐하는고 세상이 이기 저승이지 이승은 아닐 것이오. 아지매."

두서없이 그 위안부는 제 설움에 겨워 엉엉 울어 버렸다.

"야, 이 가스나야 시끄럽다. 그건 우리 팔자다. 내 이야기나 마저 듣고 웃어라. 아까 쪽발이가 좆구멍에다 인단 넣는다는 이야기 하다 말았제?"

"네, 그래요. 그 인단 때문에 위안부들이 많이 고생 했다면서요."

"그래, 그 이야기를 끝까지 들어 보라는 기다."

"모다 그것을 구멍에 넣고 일(성교)을 보라는데 그것을 구멍에다 넣고 일을 보면 넣은 것이 아니라 우선 쓰리고 아파서 못 참는기라. 그래서 처음에는 그냥 구멍에 있다가 들랑날랑허닝개 다 빠져 성병 예방은커녕 좆구녁이 막혀서 씨리고 아픈 기라. 그것을 다 빼버리고 일을 하기 때문에 아무 쓸모가 없고 어이 마 더러분 이야기 그만하자. 그렇게 남자 전부 성병 걸렸대도 거짓말 아이라. 너그덜도 다 걸리 봤제. 아니다. 다 그 성병환자인 기라. 잉. 아냐? 이기 쪽발이다. 알기나 해라. 니들이 제일 급한 것이 그 성병 고칠

일이다. 이거다. 전쟁 끝났다고 그 몸둥이 달고 고향 돌아 갔다가는 니들 고향 다 병든다. 알겠나. 쪽발이가 무서운 것이 아니고 그 성병 때문인 게라. 응. 니들도 걸리봤제? 그리고 그 자슥들 씹이라모 환장한 것들. 그것들 말로도 그 방법이 마흔여덟 가지라 헌데 그 새끼들 말대로 이 방법 저 방법 48가지다 이거야.

마흔여덟 가지 방법이 있다는 거다. 우습제. 그기 쪽발이다. 마흔여덟 가지 하하하. 기가 막혀서……."

아닌 게 아니라 금백이도 그 말을 듣고 있지만 사실이 그런 일을 겪었지만 별 희한한 방법으로 자기 성욕을 채우는 개 돼지보다 앞선 그 교미법은 수십 번 강요당하지 않았던가. 생각하면 쓴웃음이 나고도 남았다.

"봐라 봐라. 쪽발이가 그 수십 가지 법을 안 것도 알고 보면 원숭이 덕이다. 안 카나. 일본 바꿔 말하면 원숭이 나라다 이거다. 원숭이가 사람보다 많다카이 짐작이 가지 않겠나. 그 원숭이가 가르쳐준 그 방법이 쪽발이가 알고 있는 그 기기묘묘한 X하는 방법인 게라. 어째? 안 우습나? 그래서 나는 쪽발이들을 그 짓을 위해 타고난 종자들이고 그짓만 하다가 뒈질 종자로 알고 있다.

어쩌노. 내 말이 사실이제 잉?"

사실이 그랬다. 일본은 천혜(天惠)의 온천국(溫泉國)이고 그 수만 군데 온천의 임자는 원숭이고 그 온천을 이용하려면 우선 원숭이와 친화해야 하는데 그것이 인원상간(人猿相姦)의 시초고 그 원숭이를 달래기 위해 쪽발이들은 스스로 원숭이의 변태 성욕의 맞수가 돼 인원상간의 중계역할을 해야 했기 때문에 더 친숙해 진 것이다. 물론 통하는 언어가 없으니 손발짓 얼굴표정이 앞서니 발전할 수밖에.

온천욕을 하려면 먼저 들어 있는 원숭이를 애무해주고 그래야 마음 편히 온천욕을 할 수 있으니까 원숭이가 원하면 즐겨 그 성기라도 빨아야 하고 원하는 자기 성기도 두말 않고 빌려주는 전통에 오래 젖어 있어. 옴나위 없었고, 그 만 가지 잡스런 성행위의 기습(奇習)이 체질화 됐고 그것은 왜것들 군인이라고 안 따를 수 없는 절대성을 가지고 있었다. 거기서 습득한 기술?로 위안부를 괴롭혔으니 희생당한 것이 천만 뜻밖에도 멀리 온 조선국의 여인들.

방금 찔찔 울면서 자기 신세를 한탄하던 한 여인도 그 신여인의 말을 곧이 듣고 있었다.

신여인의 말을 이어 "글고 말이다, 말난 김에 더 하자 이것들 쪽발이 참 더럽다. 상피(相避)가 보통이다. 우리네서 상피하면 사람 축에도 못가고 사람 구실도 못하고 죽는데 쪽발이는 보통이다. 이거다. "응 아이고, 그 더러운 것들 부녀간에 붙어먹는 것 보통이다."

　금백이는 일본 것들의 성관계가 문란하다는 것을 어릴 적 들은 적이 있고 동네 박 아무개가 일본놈 부녀끼리 붙은 것을 몰래 엿보다가 몽둥이 찜질을 당해 발이 상했다는 이야기를 어렸을 때 들은 기억은 있지만 이렇게 생생하게 자세히 듣기는 처음이라 그 언니 말에 그저 머리가 멍멍할 따름이었다.

　"봐라 또 하까? 천황있지. 덴노 헤이카 그것들 상피한다는 것 알것냐. 6촌간 안에서 혼인하지 6촌 넘으면 안한다. 일본 황실 전범(皇室典範) 16조에는 천황은 6촌 이내의 여자만이 혼인할 수 있다고 못 박혀 있다. 이게 그들의 법이다. 그 법은 2차 대전이 끝나고 평화 헌법으로 바뀌면서 없어졌지만 일본은 그런 나라다. 알기나 해라. 그것들이 새끼를 낳고 보면 그놈이 그놈 같고 도무지 구분을 못 한다니까. 형수가 죽으면 그 형수는 동생의 첩이 되고 아우가 죽으면 제수가 첩이 되는 나라. 그게 보통이다. 뭐 내 거짓말하나 그것들은 마당에 있는 개도 안 할 짓을 밥먹듯 하고도 늠늠 하닝개."

　연합국은 애초부터 연합국이 아니었다. 각자 일본을 상대로 구명도생. 어떻게 하면 침투해 오는 일본을 막고 자국을 지키느냐에 혈안이 돼 있고 각자가 추구하는 목표가 같기에 동맹을 꿈꾸었고 그것이 결실한 것이 ABCD포위진이었다. 그중 최선봉이라 말할 수 있는 중국은 일본이 제1차 세계대전에서 승리하자 첫 번째 침략대상으로 점 찍힌 나라로서 그것이 1938년 7월 7일의 노구교사건으로 점화돼 중일전쟁이 터지고 일본의 중국침략은 본격화된 것이다.

　일차대전 전승의 대가가 알류샨 열도로 가라후토(홋카이도) 유황도였다. 그리고 그 여세를 몰아 영미의 아성인 남태평양 제도서와 인접국가 그리고도 모자라 싱가포르, 인도네시아를 집적거리기 시작하자 노련한 영미가 그런 간교한 일본의 저의를 모를 턱이 있겠는가. 그들은 일본의 그런 야욕과 계획을 간파하고 그 대비책으로 남태평양이나 아열대 지방의 자기들 점령지를 미끼로 던져주며 일본을 유인, 사지로 끌어들였던 것이다. 이제는 자기들을 당할 자가 없다는 것을 과신한 일본은 오만방자하게 먼저 중국한테 선전포고해 노구교를 석권하여 개전이 되고 일본은 승승장구한 것이다.

　힘없는 장개석은 한 주먹도 안 된 일본의 허세에 밀려 전국토를 불과 이 년 동안에 점령당하고 말았으니 그것을 보고만 있던 영미도 그때서야 정신을 차리고 유인전을 구상해 일본을 끌어들여 일거에 박살내자는 이른바 ABCD포위진을 만들어 대책을 세우고 그 첫 번째 미끼로 하와이 호놀룰루 항을 제물로 바친 것이고, 그것이 적중하여 일본의 저 유명한 1941년 12월 8일의 하와이 호놀룰루 항 폭격사건으로 그 서막이 오르고 제2차 세계대전의 불길은 치솟았던 것. 영미에게는 기다리고 있던 일본의 선수였고 규모가 큰 위장전에 휘말려 든 덩치 큰 한 마리의 토나카이였다. 세계가 경악했고 일부가 환호했다.

　수렁에 빠져있던 중일전이 활기를 띠고 오지로만 몰리던 중국은 영미군의 대일선전 포고로 한숨을 돌리고 판세가 달라지기 시작했다. 세계가 눈을 홉뜨고 바라보았다.

　일본은 개전 초기 승승장구하였고 영미의 점령지인 남태평양이 여러 도서가 일시에 일본군에 의해 함락되고 일본군은 대승에 도취되어 국내(내지의 조선)에 전시 동원령을 내리고 총궐기하여 미쳐 날뛰고 지원병, 징병, 소년병, 정신대(위안부)가 꼬리에 꼬리를 물고 전선으로 전선으로 끌려나갔다. 그야말로 일본 인구 일억 총궐기의 미치광이 지랄병이 시작된 것이다.

전쟁 초 기세는 금방 판을 뒤집어엎을 것 같이 무서운 기세였던 일본은 1943년 9월의 포스담 선언을 분수령으로 해서 판이 바뀌기 시작했고 그 기세는 무서운 회오리였고 영미군은 잃었던 실지(失地)를 다시 찾기 시작했다. 그러니 거기서 기고만장하던 일군은 졸지에 패잔병으로 정글과 도시의 동굴로 숨어 들 수밖에 없고 거기 딸린 군속이나 그 가족들은 일시에 쓰레기가 됐고 그러니 그들의 성노예였던 조선인 위안부들은 무엇이 되겠는가.

또 1945년 7월의 최후 통첩인 카이로 선언이나 포츠담 선언에도 전후 조선 문제가 구체적으로 언급됐던 것이다. 그것은 극비였으나 어디서 누설됐는지 모르게 흘러나와 조선의 피를 불러 일으켰다. 빈사의 시신에 가해진 소생수술 같은 이 낭보는 전 세계에 순식간에 퍼져 환희의 광기를 불러 일으켰다.

전쟁은 끝나지 않았는데도 3천만 조선민족에게 일대 낭보가 아닐 수 없었다. 환희의 종소리는 삼천리에 울려 퍼졌으나 일제는 그것을 감추고 속이고 억압했다. 감추고 숨길 것이 따로 있지 그것을 숨길 수 있겠는가.

당황한 일제는 즈들끼리도 화전파(和戰派)와 항전파(抗戰派)로 갈라져서 그 전쟁을 성토해 나갔다. 바야흐로 죽느냐 사느냐의 칼날 위에 선 두 집단은 적인 영미보다 자기들 뜻에 반하는 반대파를 더 가혹하게 도륙해 나갔다.

그 좋은 보기가 이미 포츠담 선언을 수락하기로 한 천황의 심복인 고노에 후미마로를 대표로 하는 화전파와 항전파 대표인 도조 히데끼간의 살육극은 그야말로 잔인 무도했다. 최신식 무기가 판을 치고 핵무기가 일거에 히로시마 시민 18만 명을 도륙하고도 남은 전광석화와 같은 현대전에서 그래도 끝까지 싸우겠다고 도조히데끼 일파의 끈질긴 반대로 국민은 죽음 직전까지 내몰려 있었다.

그 보기가 4천만이 넘는 일본 가정주부에게 대창(竹槍)훈련을 실시해 최종적으로 일본 본토에 올라 온 영미군이나 중국군을 그 대창으로 찔러 죽이고 죽는다는 옥쇄 작전을 구상하고 훈련을 시작한 것으로 미친짓이라는 소리도 심심찮았다. 일본은 그런 빈사 상태를 잠시나마 모면하려고 강경파 도조히데끼 일파를 후퇴시키고 협상파 고노에 후미마로를 등용했으나 일단 불붙은 국민의 염

전(順戰) 사상은 걷잡을 수 없이 번져 전구의 군비 가동율이 마비될 정도였고 부녀자들의 죽창훈련도 자동 폐지되고 말았다.

거기다 마지막 불을 당긴 것이 일본의 자랑인 일본의 육해공군 총사령관 야마모토 이소로꾸까지 전사하니 아아 이제 일본은 끝났다 하고 통곡이 터졌다. 어머니 나이 쉰여섯에 낳았대서 이소로꾸라 명명될 정도의 화제의 인물인 그는 해군대장까지 오른 작전의 명장으로 이름 높았다.

그자가 지휘하는 일본함대 기함(旗艦)에서 미군의 기총 소사를 받아 전사한 그는 명장으로 이름을 남겼다. 그가 유일의 희망이었는데 그가 전사했으니 일본의 운명은 더 가까워질 수밖에~. 일본의 남은 유일한 촛불인 야마모또를 노리고 영미군에서는 그를 추적했으나 그를 위하는 일본군의 암호를 해독 못해 기회가 없었으나 어느 일본 해군장교의 제보로 그것을 해독할 수 있어 성공했다는 후문……. 그 나이 61세. 태평양의 파도로 그의 죽음을 애도하듯 그 사나운 기세를 보여주었다. 그러나 참새는 죽어도 짹 한다고 마지막 발악을 한다고 그 사이 전쟁으로 없어진 군함, 비행기, 전차 등 무기가 아직도 산적(山積)되어 있는 것처럼 허세를 부리고 위장하기 위해 그런 무기를 목재나 꽉 쪼가리로 만든 것에 페인트

칠을 한 것을 비행장이나 항구에 내놓고 아직도 전력(戰力)이 있다고 속인 것까지도 좋았는데 그것을 본 영미군은 처음에는 아직도 군비가 저렇게 있는가 하고 놀랐으나 전부 모조품인 것을 간파하고 웃으며 화염방사기로 소각했다. 그 장면을 필자도 목격했다.
 '그것은 분명 단말마의 비명이지 아무것도 아니었다. 그저 죽지 못해 사지를 놀리는 몸짓. 아아 일본이여 언제 철이 들 것이냐?'
 그 무렵 침몰하는 대일본 제국 열도에 열병처럼 퍼진 노래가 있었는데 그것은 부녀간의 불륜을 노래하는 엘레지. 그것이 전패국 일본의 또다른 면모가 아니었을까?

상하이 리루

　그것은 가이 광적이리만치 사람을 울린 어찌 보면 일본 최후를 애도하는 조가쯤으로 불리워도 손색이 없을 정도의 절규였지 가요가 아니었다.
　망국의 한을 가요로 달래는 일본시민의 심정은 어떠했겠는가. 그 가요 제목은 상하이 가에리노 리루. 번역하면 〈상하이에서 돌아 왔다는 리루〉.
　1945년 중반에서 1950년대 중반까지 일어가 통용되는 동남아 일대와 만주, 조선, 남지나 일대에 열품처럼 번지던 이 노래는 어떤 의미에서 절망에 빠진 일본 사람들에게 한줄기 생명의 반딧불 인지도 몰랐다.

그렇게 전패국 일본은 사랑에 굶주리고 있었고 정서에 목말라 있었대도 과언이 아니었다.

1945년 말 그런 일본에 대중가요 하나가 떠돌았는데 다름아닌 그 〈샹하이 가에리노 리루〉였다. 사람들은 열창했다.

필자가 아는대로 외워보면 〈후네오 미쓰메데이따 하마도 캬바레니이따 가제노우와사와리루 상하이 가에리노 리루 리루 아마이 세쓰나이 오모이데 다께오 무네나 다굿데 사가시데 아루꾸 리루 리루 도꼬니 이루 노까 리루 다레가 리루오 시라나이까〉

(배를 바라보고 있었다. 해변가 캬바레에 있었다. 바람결에 들리는 소문은 리루였다. 상하이에서 돌아 왔다는 리루. 달콤하고 애끓는 추억만이 가슴에 간직한 채 찾아 헤매는 리루. 어디에 있느냐 리루. 그 누가 리루를 알고 있느냐.)

1920년대 도쿄대 출신 야마구찌낀조(가명)는 큰 뜻을 품고 중국에 건너가 동양의 명문 베이징대학에서 수학 중 같은 일본여성 다카미레 미에꼬(가명)과 알게 돼 열애 끝에 여아를 분만하고 그 생육을 여인에게 맡기고 일본으로 돌아가 후진양성에 열중하다가 중일전쟁이 일어나고 중국에서 유학한 그는 XX신문 베이징 특파

원이 돼 다시 중국을 찾고 그렇게 상하이에서 활약하던 중 어느 캬바레 무희를 알게 돼 열애하니 꼭 20년 전의 자신의 베이징 생활이 생각나고 그때까지 무희 리루와 단꿈을 꾸고 있던 그는 어떤 기회에 리루의 어머니가 다카미레 미에꼬인 것을 알고 정신착란이 된다. 리루가 그리되면 친딸. 이미 리루는 임신한 몸.

상하이 시내를 배회하는 정신이상자가 어디로 갈 것이냐. 환락가마다 즐비한 카바레를 기웃거리며 혹시 리루가 없느냐. 리루를 못 보았느냐를 되풀이하니, 좋아하는 집이 어디 어디 있겠는가. 볼멘소리 아니면 냉대, 심지어는 욕지껄이로 문전박대가 계속되고 끼니를 굶고 생활이 망가지니 건강인들 오죽하겠는가. 사내는 호주머니에서 가끔 종이쪽지를 꺼내 바라보는데 그것은 다름 아닌 딸 리루가 남긴 유서.

"아버지, 저 먼저 갑니다. 즐거웠어요. 저승에서 꼭 아버지로 맞겠어요. 리루가 떠나면서."

그것은 리루가 자결 직전 남긴 아버지자 애인이었던 사내에게 남긴 마지막 글씨였다.

그러니 그 쪽지 하나만으로도 발광하고 남을 일이었다. 밤안개 깊은 상하이 스마로 거리를 그 밤도 리루를 찾아 부둣가로 서성이다 기어코 쓰러진 사내. 시체는 다음날 아침 행려변사체로 수리되고 그 사연이 전해지면서 상하이가 울었고 전일본 국민이 통곡했으니 그것이 어찌 노래가 되지 않겠는가! 그것이 유행가가 아니라 일본국민 가요가 되었다.

　대전승 일본 국민들이 가장 천시하고 무시했던 민족이 중국민족. 전쟁 중에도 거리에서 만나면 중국인을 대놓고 짱꼬로, 시나전이라 놀리고 비아냥거렸다. 워낙 많은 숫자가 이주해와 있다가 중일전쟁이 터지자 오도가도 못해 처진 그들은 개, 돼지만도 못하게 천시를 받으며 연명하고 있었다.
　그들의 조국이라는 중국은 일본이란 적을 만나 만신창이가 돼 있는데 거기서 모택동의 중국 인민 해방군이 창설돼 장개석을 압박하고 있으니 중국은 그야말로 출구 없는 포화 속에서 동족상잔의 아우성이었다.
　엄격히 말하면 그것이 21세기의 대사건. 중국 인민공화국의 탄생을 알리는 진통의 심음(心音). 중국 내전의 서곡이었다. 국민군(장개석)과 모택동의 중국 홍군의 대접전은 이차대전 때의 중일 전쟁이 문제가 아니었다. 치열했다.

일본에 전승하고 영미지원을 받은 이른바 청군(장개서)은 승승장구하나 모든 면에서 열세해 홍군에게 왜 그런지 밀리고 있었다. 그것은 한마디로 민심을 얻지 못하고 있기 때문이었다.

겉은 전승군으로 화려하나 속은 텅빈 군대가 청군이었다.

기세는 자꾸 홍군 쪽으로 기울어지고 있었다.

예를 들어 1945년 8월 15일 일본이 항복했으니 중국이 일본의 치안을 맡는다고 해서 누가 토를 달겠는가. 대전에서 쓰던 그 수많은 무기를 다시 들고 치안에 나설 수는 없고 치안 공백이 생긴 일부 일본 본토에서 괴이한 현상이 벌어졌다.

그것은 8월 17일부터 그해 9월 14일까지의 그 짧은 기간의 치안을 중국인이 담당하고 나선 일이다. 일본인이 없어서였을까, 아니면 일본이 전패하여 전승국 미국의 정식 점령이 안 됐기 때문이었을까? 그것이 아니었다. 중국 측에서 생각하면 전쟁기간 중 받은 그 모진학대나 핍박을 생각하면 당장 일본을 때려 죽여도 편치 않은 일이지만 그 치안을 담당한 중국인들은 사리가 분명하고 이성적이었다.

치안 담당자로서 의무를 다하고 사감에 흐르지 않고 냉정하게 치안업무를 완수해 나갔다. 정말 괄목할 만한 이성적 태도였다.

거기서 세계는 다시 중국의 진수를 보고 놀랐다.

맥아더가 들어와서 치안권을 인계받을 때까지 불상사가 없었으니 놀라울 일 아닌가. 나중에는 그들이 모체가 되어 조선인 귀환 동포 환영회란 단체를 만들어 특히 일본에 강제 동원된 군인이나 군속 위안부 등의 귀국 편의를 도모하는 자선사업에도 손을 대 교민들의 칭송을 받기도 했다.

그것 하나는 장개석군의 업적이고 인정받을 일이었다.

금백이가 통추항를 떠난 것은 1945년 가을. 아직도 찌는 듯한 더위 때문에 배 안은 썩은 내가 코를 찌르는데 사람들은 말없이 작은 배 속에서 흔들리고 있었다.

명색이 병원선인데 정크를 개조한 이백 톤급 병원선은 남지나해의 거친 파도 앞에 가히 일엽편주였다.

주관은 그 중국 청군의 해군이었다. 선상에는 큼직한 적십자표시가 그려져 있고 초만원이었다. 갑판에도 작은 적십자 마크가 그려져 있었다.

그 항구 통추를 떠날 때도 초만원이고 이러다 침몰하지 않을까 걱정될 만한 상황이었다. 일종의 발동선인데 사고시에는 노를 쓰는 게 특징이었다. 승조원 전원이 중국인이나 선내에서는 중국어가 통용됐으니 환자 가운데는 외국인이 거의라 그것도 감안되었다.

통역도 있고, 배가 롤링하는 것이 파도 탓도 있지만 선객들의 선내 이동이 너무 잦은 탓도 있었다. 그것도 까닭이 있었다. 열대 지방의 스콜은 청량수도 되지만 목욕물이 되고 음료수도 되기 때문에 소형 선박에서는 어쩔 수 없이 선객들이 스콜을 만나면 소동이 일어날 수밖에 없는 이유가 그것이었다.

죽은 듯 누워 있기만 하던 선객들이 스콜을 만나면 일시에 일어나 움직이니 배가 갸웃뚱거릴 수밖에. 이 선박도 원래 병원선이 아니었기 때문에 개조한 데가 있어 비상시 대비에는 허점이 있었던 것이다.

선객 거의가 환자고 성비 구성은 70%가 여자였다. 노약자가 대부분이고 남자는 전부 일본군에서 해방된 조선인 군속이나 군인이라 분위기가 숙연했다.

상갑판에는 남녀노약자가 하갑판에는 주로 남자가 있었다.

"야, 너 이거 보이냐. 이쪽이 여자 변소다."

키가 큰 사내 나이 30쯤의 덥석부리가 상갑판으로 오르는 사다리를 막고 방금 상갑판으로 누구를 찾아 오르는 한 허름한 여자

옷소매를 사납게 잡아끌면서 내뱉은 볼멘소리였다.

손가락이 그려져 있고 남자라고 한글 글씨가 씌어진 팻말을 가리키며 하는 소리였다.

옷자락을 잡힌 여자 나이 잘해야 스물쯤 되어 보였다. 못마땅하게 힐끗 사내를 쳐다본다. 그리고 계단을 올라 아까 사내가 가리킨 여자 화장실 쪽으로 몸을 돌려 사람 속으로 묻혀 버렸다.

롤링에 핏창까지 하니 이 작은 병원선은 그야말로 한 잎 낙엽에 불과해 전혀 목적지를 찾지 못하고 그 자리를 맴돌 뿐이었다. 그러니 선객들이 얼마나 아우성이겠는가!

그 여자가 금백이. 1943년에 전북 장수군 계내(장계)를 떠나 살인적인 성 학대의 현장인 남쪽으로 끌려간 장본인이었다. 인상이야 그런대로 시골뜨기지만 총기는 있어 뵈는 여자, 밉상은 아닌 얼굴이 균형 잡혀 있었다. 뗏물만 벗으면 어엿한 도시처녀 뺨쳐먹게 생겼으나 한 가지 흠이 남방 그 열대 지방의 햇빛에 그을려 약간 검은 것이 아쉬웠다. 다시 사람들 앞에 모습을 드러낸 여자가 하갑판으로 내려가는데도 몸살을 해야 했다.

지루한 뱃길이었다. 배는 그런 우여곡절 끝에 남지나해를 빠져

나와 조선 근해 제주도가 가까워지자 송장처럼 뱃바닥에 누워있던 선객들이 일제히 소리를 지르며 상갑판으로 기어오르니 배가 어찌 되겠는가. 중심을 잃고 한쪽으로 쏠리니 그 바람에 스크류가 공회전을 하니 그것만으로도 불안해진 선객들이 또 아우성이 아닌가. 그런 선객들을 고함과 양팔로 진정시켜며 배 중심을 겨우 잡게 유도한 것이 아까 금백이한테 여자 변소 팻말을 가리키던 청년이었다.

"인자 보니 당신 까막눈이구만. 이게 남자란 글씨인지도 몰라? 이쪽이 여자란 글씨."

변소의 남녀 구분을 써 놓은 안내판을 보고도 망설이던 금백이는 바로 문맹이었던 것이다.

사실 십육 년간 자라오기는 했으나 글공부를 해본 적이 없는 금백이는 기는 살아 있어도 죽어지내는 몸~.

까막눈인 자기를 너무 강하게 의식했기에 때문에 가끔 언문에 대해 호기심을 가지게 됐다. 세 오빠도 거의 까막눈이고 아버지 노덕보나 어머니도 그렇고, 언제 글씨라는 것을 가까이해 보고 그것을 읽을 시간이나 필요를 못 느꼈기에 무심코 넘긴 16년이고 끌려가 그 짓 할 때도 글이란 것과 인연이도 없었기 때문이었다.

그러나 신기하게도 아라비아 숫자는 읽을 수 있어 위급을 모면한 적도 있었으나 그렇다고 남이 줄줄 외는 언문(한글)에 그리 애착을 갖지 않았기 때문에 여지껏 까막눈 그대로였던 것이다.

아차했을 때는 이미 여러 사람들 시선이 자기에게 쏠리는 것을 느꼈을 때였다. 그 조선청년은 그런 금백이의 급소를 자기가 찔러 그녀를 어렵게 한 것을 자책이라도 하듯 "그것은 그것이오. 이거 봐요. 이쪽 오른쪽으로 가서 볼일을 보시오. 이름이 뭐요. 나 권웅이란 사람인데 잘해봅시다."

복잡한 배 안에서 인사 나눌 처지가 못 된 두 사람은 재차 여자 이름을 물었다.

얼굴이 새빨개진 여자, 우선 자신의 급소(문맹)를 이 사내가 쥐고 있다는 데서 꼼짝 못하고 그 앞에서 오금을 못펴고.

"금백이구만이요."

"뭐? 금백이 그럼 성이 금 가요?"

"아니구만요. 성은 노 가고요."

"오라 그럼 노금백이구만. 하따 이름 한번 길다. 그건 그렇고 집이 어디요?"

"장수구만이요"

"장수? 응 전라도 진안 장수라 데구만."

"나, 공주 사요. 인연이 있으면 또 만나겠지만 나는 천상 군인밖에 갈 데가 없고 혹시 나 찾으려면 군인 있는 데만 오면 돼요. 혹시 이리(지금의 익산) 아요? 이름은 권웅이고 키큰 놈 모자란다지만 속 차린 권웅만 찾으면 돼요.

하기야 나 같은 사람 찾을 일도 없겠지만. 나는 시악시가 어디 갔다 온 줄 알지만 그것을 트집 잡은 사람은 아니고 앞으로 세상 살자면 까막눈은 면해야 하니까 집에 가면 낫 놓고 기역자부터 배워요.

나도 쪽발이 군인을 지원해서 갔기 때문에 왈칵 자랑은 못하지만 중간에 도망가 광복군에 들어가 많이 배우고 사람 됐소. 쟁기 짊어지고 갈 데가 어디겠소? 천상 광복군에 있었으니까. 군대. 새 나라 군대 군인이 돼야겠지요. 안 그려요. 그러니 나 찾을려면 군에 가서 공주 출신……. 이만 하면 내 족보……. 허허허허. 어린 시악씨 델고 쓸데없는 소리 하요.

금백이 노금백이 잘 가시오. 나 공주 권웅. 내가 보니까 몸이 성치 않은 것 같은데 배에서 내리면 바로 병원으로 가시오. 내가 안내해 줄 것이니까 따라오시오."

처음 통추에서 사람을 실을 때는 쓰레기를 삽으로 퍼담 듯 우겨 넣던 선객들을 내릴 때는 차례차례 사람답게 다루는 것이 병원선 다웠다. 중국어로 작별인사들을 했다. 그러나 알고 보면 두 사람은 초면이 아니고 한 번 만난 적이 있는 구면.

1943년의 가을 금백이가 처음 끌려와 인육시장에 내팽개쳐진 코레히돌 항구의 수용소에서, 영미군의 추격을 받고 혼비백산한 왜군이 패주하면서 습격한 위안부 수용소에서 폭풍우같이 당한 집단 강간에서 상대한 어느 사내가 우연히 권웅이었다는 사실을 두 사람은 알고 있었을까? 남십자성 아래 양군의 십자포화 속에서 벌어진 극한 상황에서 끝난 무감각한 성교에서 서로를 분간했을까?

그것은 희미한 기억일 수도 있었다. 그러나 그 기억은 포화가 앗아갔지만 어찌 의식에 잠재하지 않았을까. 그것은 서로가 공유하는 감미로운 기억이었을 것이다.

여수항 제일 부두는 인산인해였다. 세계 각국에서 처음 보는 국기를 달고 끝없이 밀려드는 각종 선박에서 토해대는 사람은 그

수를 헤아릴 길이 없고 그냥 모래사장에 갇은 모래나 자갈처럼 퍼 쟁이니 사람이 아니라 무슨 쓰레기 같았다.

그 사람들이 배설하는 배설물 때문에 여수항이 그것 천지였다. 발디딜 데도 없으니 어쩌면 좋은가. 그래도 모래사장에 그냥 쓰러진 것을 본 권웅이가 다가와 "시악씨, 이대로 잠들면 금방 송장되니까 일어나시오. 내가 시악씨가 걱정돼 되돌아 왔는데 갑시다. 저쪽 적십자로 뚫고 들어갑시다. 내 말 따르시오."

그것은 분명 그때 코레히돌 항구 살륙전에서나마 본의 아니게 부딪쳤던 두 사람 영감의 흡인력인지도 몰랐다.

금백이는 시방 만성성병으로 평소에도 미열이 있고 식욕이 없었는데 더 견딜까 싶지 않아 자신도 걱정하던 터. 권웅 말을 따라 억지로 적십자 막사로 염치 불구하고 뚫고 들어가 누워 버렸다. 누가 봐도 환자이니 그게 통할 수 있는 억지인지도 몰랐다.

거지꼴이 분명했고 거기 따른 군복의 사내 간호가 너무 지극해 의료요원들도 금백이를 달리 대했다. 그런 금백이지만 끝까지 들고 있는 보따리는 절대 놓지 않고 적십자 막사까지 안고 들어갔으니 의료요원들도 서로 눈을 맞추며 금백이의 보따리를 손가락질

했다.

거기다 그 넘쳐나는 인원(전부 외국 귀환동포) 때문에도 치안 확보가 시급하고 도둑놈은 시끄러운 장터가 좋다고 그 혼란을 틈타 절도범이 들끓으니 점입가경이었다.

명색이 그 혼란을 단속한다는 인원은 물론 치안대가 맡지만 그것도 건국 준비위원회나 인민위원회가 구역 다툼을 하고 있었다. 경찰도 물론 있었으나 전혀 힘을 못 쓰니 그것부터가 또 혼란이었다.

환자

　일본군 패잔병들은 그래도 즈들끼리 질서를 지키고 집단행동을 하고 있는데 여수항 제1부두에서 자기들 배를 타고 조선을 떠나면서도 아직도 손에 들고 있는 일장기를 누구 보라고 흔들고 있었다. 덜렁 일본군복만 입고 모자도 없이 더벅머리로 부두에서 그것을 바라보고 있던 권웅이가 한마디 사납게 내뱉었다.
　"지미 씹할놈들 꺼질려면 빨리빨리 꺼질 일이지 누구한테 손을 흔들어, 생각하기도 싫고 냄새도 맡기 싫은 쪽발이가 손을 흔들어?"

들고 나는 각종 선박은 수를 헤아릴 수 없고 거기서 토해낸 인원이 장 속이었다. 그 수효는 하루 밤만 자고나면 눈이 녹아 없어지듯 줄어들었다가도 또 하룻밤을 자고 나면 더 불어나니 온통 사람 천지였다.

거기를 미군과 조선인 방역반이 소독을 한다고 DDT통을 메고 쑤시고 흰가루 약을 뿌려 대니 사방에서 재채기하는 소리, 기침소리, 구토하는 소리뿐 아니라 부녀자들의 비명이 시끄러웠다.

미군과 조선인 합동 방역반은 소독을 한다고 긴 호스가 달린 소독기를 사람마다 걸리면 강제로 잡아끌어 앉혀 목덜미 허리춤을 까내리고 소독기를 사정없이 쑤셔 넣고 그 가루를 뿜어댔다. 남녀노소가 없이 걸리면 강제로 옷을 벗기고 그짓을 해대니 도망가지 않을 수가 없고 그 많은 사람 속에서 동서남북 어디로 피할 것인가. 일부러 그들은 부녀자 젖가슴이나 사타구니에 그것을 쑤셔 넣고 그 약을 뿜어대니 어찌 되겠는가. 그리고 그 꼴을 보고 즈들끼리 낄낄거리고 그 약 때문에 온통 흰 부대를 뒤집어 쓴 꼴이 말이 아니었다.

그러니 부녀자 처녀들은 사생결단 도망가고. 아닌 게 아니라 그 무렵 남쪽의 항구도시는 유행병으로 큰 곤욕을 치르고 있었다.

장티부스(염병), 호열자(콜레라), 이질, 적니(피똥) 같은 수인성 질환으로 한쪽에서는 시체가 꼬리를 물고 실려 나가고 그 엄청난 분뇨에서 파리가 들끓고 그것이 매개하는 전염병은 외국에서 돌아오는 귀환동포들을 마구 쓰러뜨렸다. 그중에는 자신이 중간숙주(中間宿主)가 돼 외국에서 병균을 옮겨 오는 사람도 부지기수니 정부도 없는 나라에서 누가 방역에 힘쓰겠는가.

새 주인 미군의 거친 손발을 거절할 수 없어 아마 그 꼴이 돼 사타구니에 들어오는 거친 양키의 소독기를 받을 수밖에 더 있겠는가. 아아. 임자 없는 이 땅덩어리에 주인 없는 백성은 누구를 의지해서 구명도생할까? 서글픈 일이 아닐 수 없었다.

물론 건국준비 위원회나 인민위원회가 없는 것은 아니지만 실권은 양키가 쥐고 있는데 어디서 모여 주인 행세를 하겠는가.

금백이는 권웅과 헤어져 이리저리 떠밀려 다니다가 어느 구석에서 용변을 보려고 쭈구려 앉는데 무지한 군화가 눈앞에 나타나더니 "처리가 처리가." 하며 검은 몽둥이로 내젓는 게 아닌가. 처리가 처리가 하는 소리는 분명 남자 소린데 발음이 처음 듣는 육성이라 놀라 올려다보니 키가 큰 미군 하나가 검은 몽둥이로 막 자신을 내려칠 기세라 얼른 똥허리를 자르고 일어서 비켜섰다.

다른 사람들도 그 기세에 놀라 파도가 갈라지듯 한쪽으로 밀리면서 다른 데로 몸을 피했다.

그것은 미군 헌병이었고 머리에는 MP라는 붉은 글씨가 쓰인 흰 박적모자(화이바)를 쓰고 권총을 찬 양키였다.

"아이고매, 지미 똥도 못싸게 하네. 인자 저것들이 새 임자담서."

어느 아낙이 소리를 지르자

"그래 그래, 양놈이구만. 인자 저것들이 쪽발이 대신 이 나라 새 임자 아닌가. 아이고 징그러……."

그 자가 아까부터 처리가 처리가 하는 것을 듣고 있던 누군가가 저 새끼가 우리보고 저리가 저쪽으로 가라고 저리가 저리가를 외치는데 처리가가 된 거 아녀? 어디로 가란 말이여 대체 씹할 저것 잡아 묵는 귀신 없는가."

사내들은 그 양키 방역반이 부녀자 치마 속까지 들추고 그짓을 하는 것을 보고는

"저런 호로놈의 새끼가 다 있어? 개만도 못한 것덜."

혼자 흥분해봤자 소용없는 일.

제이의 암흑기가 닥친 것이다. 권웅이도 갈 길이 멀 텐데 금백

이한테 집착하는 이유가 있다면, 제 육감에 어디로 보나 그녀가 어떤 모진 짓에 내몰렸다 살아 돌아온 기구한 운명의 여인 같아서였고, 그래서 울컥 솟은 동정심 때문이고 그가 상상도 못했던 문맹이라는 데서 더 객기가 발동해 방금 헤어진 자리에서 MP한테 몰려 사람에 묻혀버릴 뻔한 그녀를 다시 끌어낸 것이다.

'내가 살리자.' 하는 어떤 의협심이 움직여 그녀 손을 다시 잡았다. 집에까지라도 데려다 주자 하고 그녀 얼굴을 다시 바라보았다.

권웅. 그는 광복군 출신이지만 그 광복군에 그리 미련이 있는 것도 아니고 곧 조직된다는 국군 준비대에 관심두고 있는 인물. 위로 형 하나인 단출한 가족이었다. 아버지가 공주 근처 사찰의 중노미지만 워낙 명문 출신이고 충직함 때문에 주지로 한몫 봐주는 이른바 사전(寺田) 경작인이고 더구나 임진전쟁 의병장 권율 장군의 후손이라 주위에서도 대접 받고 있는 인물이었다.

권웅은 일찍이 홍익인간(弘益人間)의 최제우를 알게 돼 생각이 깊고 인생길이 무엇인지를 탐색하는 사려 있는 이물이고, 그러다 뜻한바 있어 왜군지원병으로 지원했다가 그 길을 이용해 광복군으로 탈출한 인물로 청년시절부터 의협심 강하기로 소문나 있었다. 그때가 1943년의 여름. 권웅이가 중국 열하성에서 일본군 조또헤이(상등병)로 부대를 탈출할 시기를 엿보고 있을 때 국내는 이미 영미의 포츠담 선언이 선포되고 일본의 패전기운이 고조되고 있을 때. 그가 소속한 부대는 지나 군사령관 야마나시 중장 휘하의 강골들이 포진하고 있는, 가이 만주의 일군 관동군을 능가한다는 평이 있고 이미 그들은 그 정평답게 북지 일원에서 맹위를 떨치고 있었다.

그러나 그런 그들도 근처에 신설된 조선 광복군에 당황하고 경계심을 가지고 대치하고 있었는데 광복군의 목적이 일본군 내 조선인 병사의 귀순공작임을 알고 있어 거기에 초점을 맞춰 부대 내 조선인 병사의 동향에 대해 필요 이상의 경계와 감시를 강화하고 있었다. 그리고 소규모나마 상호 교전이 있었고 그 교전 때마다 조선인 병사들의 탈출이 있어 가급적 교전을 회피해 오고, 그 시기 만주 일원의 광복군의 모태랄 수 있는 독립군 세력은 쇠퇴하고 일부 세력이 소련의 영향을 받고 있는 김성주와 연계돼 있었으나 대단한 규모는 아니고 김성주로 해서 친소 좌경화의 경향이 있어 다른 쪽에서는 다소 회의적인 눈으로 그 세력을 경원하고 있었다.

그 친소 경향의 일부 독립군 세력은 그러나 광복군과는 거리를 두고 있었다.

그때부터 표면화된 것이 조선공산당 북부총국으로 김성주가 그 대표적 인물이고 그의 측근세력으로 남조선 출신이 있었으나 모두 북조선 지향적이었다.

산은 험했다. 모든 것이 열악했다. 일부 광복군은 장개석군의 지원을 받은 김구를 추종하는 세력도 있었으니 그중 일부가 해외 독립운동 세력의 대표를 참칭했으나 모두 일시적인 허구적 조직으로 전락하고 말았다.

그중 일부가 친미세력으로 변질돼 후일 조선 전쟁의 불씨가 된 단정수립의 화근이 된 무리들이었다.

권웅의 광복군은 연안을 중심한 김구세력의 영향하에 있었기 때문에 슬정, 상하이, 친따오, 산해관까지가 그 관할이지만 워낙 그 규모가 작아 그 광범위한 구역을 장악 못하고 허장성세로 일관하고 일부 한정된 광복군은 한술 더 떠서 벌써 그때부터 패권주의의 맹아를 키우던 일부 광복군 세력은 친미로 경도돼 언더우드라는 음험한 인물의 유혹에 넘어가 그의 앞잡이인 기독교 계통의 정치자금을 받는 등 부패 타락의 기미까지 보이고 같은 광복군 조직에서도 배신자로 몰려 숙청당하는 등 내란이 계속돼 지탄을 받아온 사례가 있었고, 그 대표적 광복군 중심인물이라고 주목 받고 중용됐던 장 아무개도 겉으로는 애국자연 하면서도 그 탁류에서 헤어나지 못했다.

그러나 그런 그도 귀국해 인텔리 정치인으로 탈바꿈하여 그의 정적 박 아무개를 배신자, 밀고자라고 고발해 이전투구격으로 혈투를 벌린바 있고 급기야 그는 그로 인해 암살당하는 비운을 겪었으니 유쾌한 일은 아니고, 우리 정치사에 남은 광복군의 발자취에 구정물을 고이게 한 것만은 사실이다.

권웅도 그 장 아무개 계열의 광복군이었지만 조선 경비사관학교 특기로 입교하면서 그들과의 동아줄 같은 썩은 인연을 끊고 깨끗이 재생한 것은 대단한 일이었다. 그도 하마터면 장 아무개처럼 타락할 뻔했지만 금백이와의 순애로 인생이 바뀌어져 버렸다.

노랑내

"금백이 그 양놈한테 안 밟혀 죽고 용케 살아났네요."

그 많은 인파 속에서 겨우 빼네 손을 잡고 앉을 자리를 찾는 권웅이가 허옇게 이를 드러내며 이죽거렸다.

"아니어라. 아저씨 밟혀 죽기보다 무서운 것이 그 독한 노랑내였서라."

"뭐 노랑내라니."

"아이고 아저씨는 코도 없소. 그 자식 어찌나 노랑내가 나는지 여시(여우)나 쪽제비 굴에 들어간 것 맹이 난당개요. 아저씨도 그

냄새 알지라."

"쪽제비 여우 노랑내라."

그는 우선 시치미를 떼고 그 노랑내 이야기가 또 금백이 입에서 나오게 유도했다.

"톡 쏜당개요. 가끔 집에 키우는 개한테서도 나고 오소리 한테서도 나고 몰라요? 그 독헌 냄새?"

"………."

모를 리 없고 자기도 중국에 있을 때 간혹 만난 미군한테서 풍기던 노랑내가 생각났기 때문에 더 묻지 않았다.

"그놈이 쏠리 쏠리 무엇이라고 하면서 처리가 처리가 헐 적에도 정말 처리가 라는 영어도 있구나 하고 바라보고 있는데 나중에 듣고 봉께 저리가 저리가 라는 우리말 아니여요. 저리가 저리가라고 사람들 쫓는 소리 알겄어요. 아저씨?"

"그래 알겄다, 그러니까 양놈이 조선사람 쫓는 소리구나 처리가가."

"예, 그레라. 처리가가 저리가제 뭣이것소. 인자 큰 일났네요. 그것들이 들어 왔잉개 안 나가고 주인행세 허면 어쩌께리 나는 그것이 걱정이구만요."

"그래 그러면 금백이는 어쩔 거가. 그 양놈 말 듣고 고분고분 해야제?"

"뭐요, 아저씨 정신이 있어요 없어요. 나 왜갈보 하다 살아온 지 아시지라. 근디 또 양놈 하인 되라고요? 인자 고만할라요. 외국 놈덜 종살이 인자 고만헐라요. 이가 갈리요."

"…………"

권웅이가 그런 금백이를 쳐다본다. 그리고 뜻있는 웃음을 입에 문다.

"인자 미국놈 세상 됐는디 그 말을 알아야 제라. 나 우리말도 모르지만 영어도 배워야지 걱정이네요."

이미 세상은 영어판이 되고 미국놈이면 만사형통. 그 시기 미국을 알려면 네 가지 보이를 알아야 했다.

① 스레키보이 - 도둑질 잘하는 절도 유단자
② 식끔세끔보이 - 뚜쟁이
③ 하우스보이 - 미군의 고용살이 하는 사람
④ 슈산보이 - 구두닦기

이것만 알아도 영어 안다고 할 정도 잘 쓰는 영어단어. 이것이 그 당시 세태였다.

조선사람의 도둑질 솜씨에 혀를 내두른 미군이 소매치기에서 시작해 절도, 사기꾼 전부를 통틀어 스레키보이면 양놈들이 질색하는 부류로 우선 경계대상이었다.

이렇듯 미군이 끼친 영향은 이루 말할 수 없고 영어 몇 마디로 치부한 사례가 많아 너도 나도 영어에 미쳐 날뛰니 자연히 영어가 판을 치는데 브로큰 잉그리슈가 정통 영어 자리를 넘보고 정동파 영어는 학교에서나 제자리를 찾는데 그것도 교사들이 거의 일본서 배운 사람들이라 발음이 엉망이고 보기를 든다면 잇트 이즈 아 넽트 ~ 저것은 망이다, 하는 영어가 잇도 이스아 네토 라는 왜식 발음으로 가르치니 어찌 되겠는가

웃지 못할 일도 많고 나라 없는 백성이 또 한 번 옷을 벗고 대중 앞에 나서야 했다. 그리고 또 스레키보이의 A급이 바로 통역들이였다. B급이 잔챙이로 통역정치의 폐단이 생겨난 것이다.

그 통역정치가 훗날 매국노 집단인 자유당의 기반 조성에 한몫한 것은 역사가 증명하는 바.

큰 스레키는 그렇게 해서 먹고 작은 스레키는 공공연히 군정과 결탁하여 소위 일제재산(귀속재산) 처리법을 만들어 불하라는 여의봉으로 쓸어 모아 다시 그놈이 그놈인 세상을 만들어 버린 것이

다. 그러니 왜정 때의 재판이 되고 왜정 때의 유산자가 다시 새 나라의 유산층의 된 것이다. 그래서 자유당이 발광했고 박정X가 나온 것이다. 토지개혁이나 그러루한 쇄신책도 알고 보면 이 통역 정치가 망가뜨린 것이니 수원수구하랴.

어린 금백이가 말한 대로 일본 종살이를 미국 종살이로 바꾼 것뿐이지 무슨 새나라? 자기 오지랖도 건사할 줄 모르는 주제에 무슨 염병이라고 할지 모르나 금백이가 가갸거겨도 모르면서 ABC를, 때로는 땅바닥에 그려보며 허허거렸다. 금백이는 권옹 덕으로 우선 진료소를 찾을 수 있었다. 중환자로 분류됐으니 구호 대상자로 중증 환자실에 눕게 됐다. 일구월심 금백이가 무사히 귀가할 수 있도록 지성 다해 비손하는 권옹이지만 정작 장본인인 금백이가 그런 중증이니 그도 속이 속이 아니었다. 물론 자기도 한시바삐 들어가 가족에게 제 생환을 알리고 싶은 심정은 굴뚝 같으나 금백이로 해서 여수 바닥에서 구걸하다 시피하고 있으니 일군 출신이지만 조금은 끝발이 있고, 세 가지로 분파된 국군준비대에서도 호의적인 대접을 받고 있었다. 바꿔 말한다면 세 개의 조직에서 가장 호감이 가는 국군준비대 3연대 기간 사병으로 들어가 그 연줄로 금백이를 가까이서 도울 수 있었다. 말하자면 이미 3연대 3대대 소속이 돼 있었다. 병원도 못되는 진료소이기에 입원실도 불과 몇 개 안 된 말하자면 이동진료소인데 거기 환자가 됐으니 우선 먹는 것 걱정을 덜었다. 권웅은 임시계급 상사로 행세했다. 아니 국군준비대 3연대 여수 순찰대장이란 직책 때문에 굶지는 않았다. 진초록 군복이나마 냄새 안 나게 입고 펄럭이고 다닐 수 있었다.

금백이는 극도의 영양실조에 만성임질이란 진단을 받고 이 주일 만에 진료소를 떠나 여수시립병원에 눕게 됐다. 거기도 매사가 열악했으나 이름이 병원이니 안심할 수 있었다.

"권 아저씨. 나 때문에 집에도 못 가고 아니 어떻게 하면 좋아요. 나 냅두고 집으로 가세요. 나야 이제 고향에 왔으니 죽어도 좋고 죽으면 고향에 묻힐 것이니 걱정은 안 해요. 나 살아 돌아온 줄도 모르는 어매 아버지가 보고 싶을 뿐입니다. 나 그새 아저씨가 시키는 대로 글씨 배워 인자 이 병원 안의 글씨 다 볼 줄 알아요. 저 간호사 이름이 장길자 맞죠? 읽을 줄 알아요. 잠 안 자고 배웠어요."

"아이고 금백이 참 장하다. 내가 잘 알지. 그러니 그러고도 남을 거야. 병만 고치고 나면 시집도 가고 벨짓 다 허닝개 꾹 참고 벵

고치고 음······."

금백이는 찌극거리는 나무침대(야전침대) 모서리를 붙들고 꺼이꺼이 울어버렸다.

"누가 나 같은 것을 살린다고 으앙······."

"금백이 사람은 열 번 된다고 걱정 말고 잉. 금백이 살아 돌아왔다는 것 벌써 장계 싸리재 장터에서는 다 알고 있응게. 아무 걱정 말고 곧 부모님도 한번 여그까지 오실 것잉께 마음 놓고."

"아이구 아니어라. 어쩌까. 언제 고향까지 아이고 아저씨. 나 못 살아잉. 이 은혜 이잉. 이 은혜 뭘로 갚을까 아이고 나 몰라."

금백이 울음소리가 어두운 여수 밤바다로 퍼져나가 저쪽 동산 쪽으로 사라진다.

밤바다를 보며 무겁게 한숨 쉬는 권웅은 미군 작업모를 벗어 왼쪽 손바닥에다 대고 탈탈 털었다.

'그나 저나 큰일이구나. 페니실링이라니 자선단체에 사정해서 입원이라고 시켰으나 환자에게는 우선 영양보충과 항생제가 필요한데 그것은 돈이 드는 일.' 그는 간밤의 일을 떠올리고 혼자 피식 웃었다. 돈은 새려 돈 같은 것도 구경 못하는 이 생활. 군막사에서 또 얻어 먹는 깡보리밥에 잠자리 입혀주는 옷이 그나마 다행인데 담배 사 피울 돈도 없는 처지에 어디서 돈이나 영양식을 먹이며 그 비싸다는 페니실링을 구할 것인가?

생각다 못한 그는 물장사(휘발유 암상)를 알아내고 그들이 미해군용 휘발유를 훔쳐내는 이른바 스레키질에 발을 들여 놓고 보니 그것이 군수품이라 들키는 날에는 중형을 받는데 그것을 뻔히 알면서도 손을 대는 그 심정.

그 얼마 되지 않은 스레키 수고비로 금백이 약값을 보태주고 있는데 그것도 불안한 일이고 차라리 여수항 어시장에서 날일을 해서 약값을 버는 것이 안전하다고 계산하고 있는 권웅은 그래서도 한숨이 길었다.

오죽해야 공주에 달려가 아버지한테 두 손을 벌릴까도 생각했을까.

금백이는 그런 권웅의 정성으로 호전되고 있으나 마무리 치료가 있어야 된다는 주치의의 말.

"비용 댈 데가 있으니 보냅시다. 권 선생 그성의 대단하십니다. 지성이면 감천이라고 종교단체에서 그 비용을 댄다고 결정이 났습니다. 보냅시다."

권웅은 부대에 용케 그쪽과 연결되는 인편이 있어 금백이 고향인 장수 싸리재 장터에 애정 때 위안부로 끌려갔던 금배이가 살아 돌아왔다는 소문을 퍼뜨린 것. 공주 아버지에게도 아들이 살아 돌아와 여수에 있다는 것을 알렸다. 아직도 중노미로 있는 그 아버지는 입이 함박만하게 벌어져

"제에미 몽다리 귀신으로 죽을 줄 알았는데 자식이 천수(天壽)별이 있는가 용케 살아왔구만. 반갑다. 빨리 몽다리 귀신은 면케 해야지. 허허 이거 큰 경사로다."

그는(권웅 아버지) 이제 승적에 들어가 승려가 돼 있었다.

"이 환자가 금백이라면 성이 없어요?"
"노금백이구만요. 잘 봐주십시오."
깨끗한 병실은 여수시립병원 문제가 아니었다.

일단 회복세에 들어간 금백이는 어떻게 됐건 뭇사람 입술에 오르내린 화제의 인물이 돼 관심을 받게 되고 그보다 그를 지극정성으로 간호하는 권웅이가 군의 이름으로 해서 광주 도립병원까지 그 인정가화가 퍼져 모두 야단들이었다.

"간호사님이신가 본데 원체 의지가 없고 기막힌 사연이 있는 환자라 누가 와 보는 이도 없네요. 정말 안쓰럽습니다."

"그러면 환자 보호자세요?"

간호사 깨끗한 용모의 20대가 비그시 웃으며 권웅을 바라보고 하는 말이었다.

"네, 보호자 맞습니다."

"그러면 관계가 어떻게······."

"누이라고만 해두십시오."

"그래요. 알겠습니다. 내외 종간이나 고종간 사이로군요. 한쪽은 노 씨고 한쪽은 권 씨니까요?"

"마음대로 결정하십시오. 암튼 불쌍한 처녀니까 마음써 주십시오. 은혜는 잊지 않겠습니다."

간호사는 광주도립병원에서도 미모로 소문난 데다가 승마의 명수라 뭇 사내의 관심거리이었다. 아니다 광주의 미인으로 떠들썩한 처지. 여수 국방경비대 14연대 김모 중위의 애인이고 실재 인물.(필자주)

"이 환자는 내가 맡게 돼 있으니까 모든 것을 저와 상의하면 좋을 거예요. 내가 보기에 나이 차이가 있어 보이는데요오. 애인? 호호호호. 네 알겠어요. 내 힘껏 돌보겠어요. 그런데 학교는 다녔는가요. 학생?"

말이 막힐 수밖에 없는 귄웅.

"그게 말하자면 사정이 있었지요. 들어 보세요."

거기서 짬을 낸 조경순이와 권웅은 병원 은행나무 그늘에서 이야기를 풀어 나갔다. 이야기를 듣고 있던 조경순이가

"그런 이야기라면 저희들만 들을 것이 아니라 이 병원 모든 인원이 들어둬도 참고가 될 것이니 본인 양해를 얻어 언제 자리를 만들어 그 사람 입에서 우리의 살아 있는 현대사를 들읍시다. 어떻습니까."

"거 조오치요. 그것은 오히려 바라는 바지요."

"네, 됐네요. 시급한 게 그것인데 참 잘 됐네요."

오히려 조경순이가 더 반기는 눈치였다.

"권 선생님. 이런 일본 속담 아세요? 젠와 이소게(좋은 일은 서두르라)라는 속담은 일본군대까지 다녀오셨다면 아실만 한데요."

"네. 아다 마다요. 귀 아프게 들었지요. 그렇지요 일은 일, 급하고 좋은 일이 분명하니 서두릅시다."

"네 좋습니다. 권 선생님은 본인 양해만 얻으세요. 때와 장소는 제가 책임질 테니."

그 이야기는 삽시간에 날개를 달고 퍼져 나가 그 다음날 토요일

오후로 결정됐다. 그 시기 1946년의 가을이니 국내 정치 상황은 극도로 혼란했고 좌우 대립에 인명이 손상되는 등 험악했고 제주도에서는 빨갱이 사냥이 시작될 무렵이었다. 제주에서 4·3사건이 터지기 이전이기는 했으나 좌우대립은 피를 부르고 있었다. 건드리면 터질 것 같은 긴장감이 감돌면서 시간은 흐르고 있었다.

"오늘 이런 자리를 마련 한 것은 한 사람 불쌍한 조선여성의 과거를 밝혀 동정을 구하려는 뜻이 아니라 기울어져 가는 우리나라 남북으로 양단된 국토가 어째서 비롯됐는가 하는 슬픈 현실을 되씹어서라도 그 까닭을 알고 앞으로 우리가 어떻게 해야만이 이 어려움을 헤쳐나 갈 수 있을까 하는 지혜를 얻고자 함입니다. 그 산 증인 노금백이 말을 듣고 참고 하시기 바랍니다. 정말 슬픈 사연을 감성으로 받아 안지 말고 이성으로 받아 안아 우리의 진로 결정에 참고로 합시다."

조경순. 미모의 여인. 도립병원 외과 수간호사의 인사말이었다. 기가 있을 수 없는 노금백이가 어정쩡하니 앞에 나갔다. 그것은 모두가 친 반가운 박수가 잘못이었다. 생전 이런 자리에 한번 나서 본 적도 없고 그런 많은 사람들을 대한 적이 없는 금백이는 그저 벌겋게 달아 오른 얼굴로 먼저 눈물부터 뚝뚝 떨구었다. 그때 누군가가 금백이 앞으로 달려 나갔다.

"금백아, 아무것도 아니고 너 고생한 이야기 한번만 해봐라. 이야기 하듯 말이다. 모다 그것을 듣고 싶은 분들이니까 겁먹지 말고 알았제."

군복의 권웅이가 금백이 어깨를 다독거리며 타일렀다.

"그지 지긋한 고생한 것 어떻게 한마디로 허것어요. 나오느니 눈물밖이 없네요.

내가 어찌 무슨 짓을 하다 돌아온 줄 아싱게라, 전 말 않고요. 배고픈 것 하고 그짓 함서 당헌 아픈 것, 하이고 그 이얘기를 또 어척게 한단 말이요."

의자에 앉았던 금백이가 의자에서 내려와 마루바닥에 퍼질러 앉아 펑펑 울면서…….

"내가 그때 그 일을 어찌 도란도란 이얘기허겄어요. 배는 고프고 이틀을 굶고 낭게 눈에 뵈는 것이 전부 먹을 것뿐이고 눈이 차꼬 감기는디 왜놈이 목검으로 쑤시면서 손님 받으라는 게 아니요. 기운이 없어 앉아 있을 수도 없는디 그짓 하라는거 아뇨. 그놈은 시뻘겋게 주딩이를 벌리고 옷을 벗고 냅다 달라 들데요. 내가 거그 간 지 이 년 채 낭게 나도 이골이 날만치 났지라. 그런디 그날은 내가 죽게 생겼는디 그짓 하게 생겼어요. 씩씩거리며 올라 타는데 속에서 건구역질이 나고 번개불이 번쩍하고 솟아 오르데요. 그래서 올라 타는 놈 불뚜덩을 죽을 힘을 다해 올려 차분졌지라. 너 죽고 나 죽자고라. 다 죽어가는 여자지만 사생결단하고 차분졌으니 어찌 되겠어요. 꽥 하는 소리와 함께 저쪽으로 처백혀 분지르라고요.

히죠히죠(비상비상) 소리가 터지고 수용소가 발칵 뒤집어지고 그 놈은 실려가고 나는 영창에 끌려가 반송장이 됐지라. 그때 왜 그리 서러운지 나 조상 탓인지 다른 사람 시집 장개가서 아들, 딸 낳고 히히거리는 팔잔디 나는 왜 이 지랄이라고 부모원망 했지만 그리고 이런 세상이 사람이 맹근 것이지 하늘이 내려준 것이 아니라는 것을 깨달았지라.

내가 어쩌다 살아나서 권 아저씨께 이 고생을 시키는지 모르겠어요. 그때가 왜그리 서러운지 처음으로 세상을 원망해 보고 왜 이런 세상이 있는가. 그것이 굉장히 궁금하더라고요. 권 아저씨 덕에 눈물이라도 흘리고 있지만 권 아저씨나 조 간호사님은 사람이 아니고 천사지라. 그때 수용소에서 하도 배가 아파 딩눌구다

보니 아래에서 피가 나오고 해서 놀라 피를 쏟고 보니 글씨 핏속에 뭣인가 꼼지락거리는 것이 있어 자세히 보니 벌거지(벌레) 같은디 솔찬이 크고 희뜨끄름하더라고요. 꼼지락거리고 있는데 금세 굳어버리데요. 꼭 껍데기 벗긴 도마뱀 같은 것인디 내 엄지 손가락만한 것인디 수용소 가시내들이 쫓아와 보고…….

"야아 가시내야 니 새끼다. 그것도 모르나." 그 소리를 듣자 눈물이 왈칵 나데예. 아무리 몹쓸짓을 했더라도 살 것이라고 기어붙어 커온 것이 내 새끼라고 생각하니 나오느니 눈물이지 뭐겠어요. 얼매나 서러운지 밤새껏 울다 밖에 나가 남몰래 땅을 파고 묻어주고 울던 생각. 나는 더 말 못항개 그리 알으시오. 더 무엇을 이얘기 할께라. 나도 인자 사람 되기는 틀렸고 죽어나 분져야 쓰겄는디. 내가 학교를 댕겨 글을 알 재주가 있나, 어쩌면 종가 모르겄당개요. 지금이야 병원에서 끄니는 멕여 주지만 내 고향에야 삼시세끼 멕여 줄 가족이 있겄지만 그것도 하루 이틀이제 응. 아이고 나 인자 할 말 없어라. 이 젊은 나이에 동냥도 못 허겄고 누가 나를 데려다 각시 삼겄소."

그런 금백이가 그로부터 며칠 뒤 병원에서 종적을 감춰버렸다.

그때가 1946년 12월 중순 권웅이 국군준비대에서 특별 간부 후보생이 돼 단기 6개월 교육을 받기 위해 태능 훈련소에 들기 때문에 금백이는 어쩔 수 없이 고향인 장수군 계내면 싸리재를 찾았다. 조선에 돌아와 실로 일 년 만에 낯부끄러운 금의환향. 그러나 거기도 금백이의 안식처는 못 돼 거기를 떠나 다시 멀리 광주 도립병원 간호사 조경순을 찾았다. 그녀를 맞은 조경순은 반가웠으나 금백이가 무학인데 주저한 것. 하다못해 국민학교만이라도 졸업했다면 어떻게 해볼 수도 있는데 그것까지 없으니……. 그런 눈치를 챈 금백이는 조경순을 버리고 다시 고향에 묻혔다.

금백이는 조경순처럼 활짝 핀 미모는 아니지만 빠지지 않을 만치의 갖춘 얼굴이라 돋보이기도 했다. 고향에서 그녀는 무엇을 했을까 권웅이 보고 싶고 다시 뛰쳐나가 도회지에 묻히고도 싶었지만 그대로 고향 산천의 풍요를 지켰다. 휴가 나온 권웅은 금백이를 찾아 조경순에게 물었다. 그런 거기서도 소식을 알 길 없고. 권웅은 고향에서 금백이가 글이나 익히면 배필로 삼을 욕심으로 소식을 기다리고 있었는데 조경순한테서도 시원한 소식을 못 얻고 그냥 시간에 쫓겨 태능으로 돌아왔고 비록 과거는 그렇지만 마음이 깨끗하고 재치있고 인물 그만하면 배필로는 손색없으려니

작심하고 과연 자기이 기대를 채워 줄 수 있을까 마음 졸이는 그것이 부담이었다. 그러나 속 깊고 또 한편 재치있는 금백이는 지난 1년 동안 자기를 제 몸 같이 보살펴준 권웅의 은혜에 항시 발목 잡혀있었고 그의 속마음을 일찌감치 거니채고 있었으며 그래서도 더욱 부담이 컸었다. 그리고 자기가 가지고 있는 흠집을 너무 의식했기 때문에 그와 대조되는 권웅이 앞에 할 말이 없었던 것이다.

'내가 처녀만 됐어도 두말 않고 그 사람 각시가 되겠는데 왜 나라고 원삼 쪽도리 못써. 쓰고도 남지. 암튼 권웅은 남자 중의 남자지.' 이게 금백이 생각이지만 감히 못 오를 나무는 권웅이었다.

'내가 찰로(차라리) 어디로 흔적없이 사라져 버려야 속이 편하지 않을까. 나도 나지만 저 사람 맘을 일찌감치 돌려 세워야 편하지 않을까 그게 도리고.'

아직 권웅도 금백이를 이성으로 보지 않고 있으며 자기 보호권에 든 한 마리 힘없는 들짐승으로 보고 있는 것이다. 그는 그렇게 아직도 보호본능에 사로잡혀 있었다. 그래서 마음속에 갈등도 많아졌다. 더하여 지금 몸 담고 있는 국군준비대 문제도 시급히 해결해야 할 문제고. '차라리 금백이가 고향으로 돌아가 그대로 부모 슬하에서 지내다 까막눈이라도 면하고 몸이나 회복됐으면 좋겠는데.' 생각도 많고 꿈도 많지만, 어쩌면 좋을지 자신도 어마두지 하고 있는데는 가슴이 무거울 뿐이었다. 병원에 있을 때 우선 병줄은 끊었으니 다행이지만 시골 부모 슬하에서 얼마나 영양보충이 가능할까도 의문이고 마음 같아서는 바로 장계로 달려가 만나보고도 싶었지만 그러나 그런 일은 권웅이 원하는 대로 해결이 안 되는 것이 답답했다.

한편 잠시나마 금백이를 겪어본 조경순은 또 한편 금백이가 사라진 것에 마음 상해 있었다. 거의 자기에게 의존하다시피 지내고 있던 금백이를 그렇다고 놓아 줄 수는 없는 것이 겪어 보니 그 진가를 알게 됐고 가르치고 매만져 한 사람의 의료요인으로 키우고 싶은 욕심이 생기고 재치 있고 날쌔고 눈썰미 있고 무슨 일을 맡겨도 제대로 해낼 수 있는 재목이라 될 수 있으면 자기가 가는 길(비밀조직)에 동참시켰으면 하고 바라고 있던 터였다. 조경순은 도립병원 근무 외에 비밀조직 관리에 눈코 뜰 사이가 없는 처지였다.

그 시기 우후죽순처럼 고개 쳐든 수많은 단체나 조직모임의 우두머리는 거의가 무산자, 무학자 대부분이 그렇지만 조경순이가 근무하는 도립병원만큼은 상황이 달랐다. 조경순이가 막후 인물로 병원운영을 맡고 있어서였다. 다시 말하자면 거기도 무학자 무자격자가 조직을 대표하고 있지만, 거기만큼은 조경순이가 명실상부한 실력자여서 대내외적으로 권위가 있었다. 조경순은 그렇게 내실 있는 일꾼으로 광주지방 인민위원회에서도 괄시할 수 없는 명사였다.

건국준비위원회에서 파생한 조선 인민위원회라면 그 시기 조선 유일의 행정조직인 인민의 선망을 얻고 있으나 남조선을 장악한 미 군청에 밀려 세력이 급격히 약화돼 이미 용도 폐기된 조직이고 건국준비위원회에서도 소외당하고 바야흐로 쇠퇴의 길로 접어들고 있어 그 일부는 박헌영이 이끄는 조선공산당에 흡수되어 제기를 노리고 있으니 어쩔 수 없이 미군정의 적대세력으로 변모할 수밖에. 조경순의 애인 김지회는 그 시기 여수에 주둔한 국방경비대 14연대 병기장교로 미남으로 미녀 애인을 가진 행운아였다. 그의 애인이 그 조경순이니 말도 많을 수밖에. 그러나 호사다마라고 그런 그들에게 쏟아지는 투기 섞인 모함의 목소리는 두 가정의 입지를 불편케 했다. 두 가정의 의견차로 결혼을 미루고 있는 것을 마치 두 사람의 정치사상의 차이로 파탄이 됐다고 악선전하고 있는 것이 그 시기 여수의 화젯거리였다. 실속을 알고 보면 조경순이는 애인 김지회의 정치적 동반자로 피로 맹세한 공산당원. 말타기를 좋아해 틈만 나면 매력있는 승마복으로 백마를 타고 날렵하게 시내를 도는 모습은 한 폭의 그림이지 다른 게 아니었다.

누가 그 조경순이를 보고 김지회의 당동지라고 손가락질할까? 물론 그 안에는 질투 섞인 모함의 목소리도 있겠지만 순백의 바지에다 새까만 승마화, 은빛 박차, 까만 승마모에 갈색 말채, 보고만 죽으라는 격이 아닐 수 없었다. 거기다 말을 탈 때 벌리는 양허벅지에 등실한 엉덩이에 있어서랴.

"저것이 얼굴만 이쁜 게 아니라 말탄 솜씨, 몸매 또한 그만이니 아유. 나 못살아. 응. 그놈은 복도 많지 뭐여."

"응. 근디 임자가 벌써 있담서~."

"응. 있는데 군인이랴."

"군인?"

"응. 충청도 놈인 개빈디 일본 학도병 갔다 온 숭악한 친일파랴."

"응. 그려? 글면 곤란한디. 조경순이가 그 물들어 친일파 되겄구만. 앙그려?"

"글씨. 그건 모르겄느디 벌써 애기 뱄다는구만."

구구각색이었다. 그 두 사람이 하도 구설수에 오르니까 못할 말이 없었다. 그러나 그것은 모두 뜬소문. 조경순이는 군정에 밀려난 인민위원회 핵심인물이었다. 어쩔 수 없이 좌익과 손을 잡을 수밖에 없는 처지가 돼 있었다. 그 이유인 즉

1945년 9월 9일에야 조선에 상륙한 미국 맥아더가 낸 포고문을 보면 쉽게 말해 이제부터 남조선은 우리 말 안 들으면 재미없다는 으름장으로 시작한 군정 3년은 모든 반대세력은 적으로(좌익) 간주한다는 좌익 불법화 조치의 일환으로 반대세력은 모조리 숙청한다는 엄포지 다른 게 아니었다. 거기서 생긴 것이 해방 후 유명한 관제공산당이 아니던가. 그녀 조경순은 가훈 탓인지 모르나 급진적인 좌경은 아니고 순수한 조국 재건 세력으로 자족하고 있었으나 환경 때문에 행동에 많은 제약을 받고 있었다. 군정으로 해서 급조된 좌경세력 때문에 어부지리를 얻은 조선공산당은 그만치 투쟁을 강화해 나가나 그 반면 무고한 인민의 희생이 뒤따르고 조경순은 군정에 밀려 고사한 인민위원회 세력에 흡수됐으나 융합이 쉽지 않고 엇박자로 물의를 빚고 있었다. 그러나 눈코 뜰 사이가 없었다. 그녀가 맡은 임무의 일부를 간추려 보면 의료인력의

회원 규합이었는데. 그런 그녀에게 금백이가 없어졌으니 얼마나 아쉽겠는가. 그런 조경순이는 이미 좌익의 한 세포로 착실히 아지프로수행에 겨를이 없는데 갑자기 금백이가 없어졌으니 어찌 되겠는가 당황할 수밖에.

쪽지

"아니 조 간호사 이게 뭡니까? 무슨 쪽지 같은데."
"네 내게 온 것인데."
"네, 펴 보세요."
그것을 건네받은 권웅은 망연히 창밖을 내다보았다.
'이럴 수가 그렇게 정성들여 돌봐 줬는데……. 응…….'
서운한 생각이 왈칵 밀려들고 눈앞이 흐려왔다. 작은 설움 같은 감회였다. 그것은 하트롱 봉투의 한쪽만을 잘라 꼬깃꼬깃 접은 휴지 같은 거였다. 입대를 앞두고 눈코 뜰 새 없이 바쁜 그에게는 금백이가 아직도 짐이었으나 그녀는 시다(왜말로 아랫일을 하는 사람을 가리키는 말)로 입만 얻어 먹고 있는데 하루 한 번은 아니지만, 사흘에 한 번꼴로 들여다 봐야 직성이 풀리는 그로서는 그날도 부대를 나와 지나는 길에 병원에 들러 이제는 직장동료나 다름없이 친숙해진 조경순을 찾은 것이다.

"아니 가만. 이게 금백이 필적 아닙니까?"

펼쳐 보던 권웅이가 힐끗 조경순을 윗눈으로 훑는다. 꼬깃꼬깃 접은 자리가 잘 보이지 않으나 뚜렷한 글씨.

"조경순님이라고 해야 할까요. 저 이제 고향으로 갑니다. 나 살려준 은인인데 인사도 못하고 가니 나쁘지요. 나도 고향이 있응개 돌아가서 부모님한테 밥이라도 한 끄니 차려 드려야 사람이제. 이대로는 사람이 아니지요. 내가 여기 있으면 권 아저씨나 조 아주마한테 짐만 되닝개 갈라요. 가서 내 집에서 굶더라도 같이 굶고 살아야제 세상이 자꼬 변해 가는디 나만이라도 혼자 서야죠. 나도 노래도 부르고 말도 조께 더 배울라요. 잘 계십시오. 권 아저씨 공주 집도 알고 군인나가는 것 아닝게 만날 날이 있을 것이요. 그때까지 안녕히 계시고 이 금백이 가끔 생각해 주세요. 저도 지금 막상 은인들을 떠나오기는 했으나 어쩍케 될지 모르겠네요. 저

같은 사람이 어디 가서 어떤 일을 할지 모르나 아저씨나 조 언니의 은공은 잊지 않겠습니다. 제가 또 두 분 앞에 나설지 어쩔지 모르지만 그때는 옛날처럼 돌봐주세요."

노금백이가 떠나면서, 편지는 그런 내용으로 간단히 끝냈지만 그 필적이나 쪽지에서 그의 체취를 맡을 수 있었다. 두 사람은 쪽지를 읽고 나서 똑같이 서로의 얼굴에 시선을 꽂았다.

"권 선생님, 이러면 어떨까요. 권 선생님이 금백이 집을 아신다면 틈나시면 가셔서 일로 마음을 돌리게 하면 어떨까요?"

"그럴 수는 없습니다. 아무리 여자지만 한번 먹은 마음이 쉽게 변해지겠어요. 그리되면 자신에게 도움이 안 될 수도 있는 것 아닙니까. 차라리 시간을 뒀다가 그 뒤 움직입시다. 관심 갖고 살펴보는 것이 우리의 의무가 아닐까요."

권웅으로서는 놓치고 싶지 않은 새물내 맡고 올라온 꽃붕어 같은 귀물스런 선물이 금백이였고, 그것을 고이 키워 큰 연못에 옮겨 키우는 애완물 같은 것이 금백이였다. 그래서 몸이 회복하는 대로 부모를 찾게 해 단 한시라도 고향의 흙에 묻혀 몸에 끼어 붙은 그 몹쓸 쪽발이로 해서 얻은 더께를 깨끗이 개부심시켜 다시 새사람이 돼 자기 앞에 서 줄 것을 간절히 바라고 또 그리 되게 혼신의 힘을 쏟았던 것.

　비 오는 날의 우비같이 안성맞춤 한 것이 금백이였다고 술회한 조경순은 또 한 번 금백이의 인생도 중요하지만 자신을 보필할 분신(分身) 같은 존재가 필요한데 그 적임자가 금백이였기에 몸을 다해 살라고 일깨우고 눈을 틔워 준 것. 서로의 금백이에 갖는 상리공생(相利共生)은 그런 공통분모를 가지고 있었던 것. 쪽지는 그렇게 해서 두 사람에게 무거운 여운을 남기고 권웅의 손아귀 속에서 땀에 젖어 없어져 버렸지만, 남는 것이 있었으니 금백이에게 갖는 간절한 미련과 집착이었다. 집에 가버렸다고 권웅의 머릿속에서 금백이는 지워지지 않았다. 눈앞에서 없어졌다고 금백이를 잊을 조경순은 결코 아니었다. 조경순은 그 자리에서 금백이 고향을 확인해 뒀다. 사불약차하면 자기가 찾아가서라도 데려다라도 와야겠다는 불같은 묘한 투기가 솟아올랐다.

　쪽지. 그 쪽지는 그런 두 사람의 마음에 들불을 지르고 꺼지지 않고 타오르며 번지고 멀리, 오지 공주 땅에서 전라도 장수 땅까지 타오르고 있었다.

　해가 바뀌고 1947년의 봄. 권웅은 국방경비대 육군 중위계급장을 달고 태능을 나와 임지인 전북 이리(지금의 익산) 3연대 연락장교로 배치받아 이리시 동이리역 XX중학교 교사가 본부인 연대본부에서 지는 해를 바라보고 있었다. 왼쪽으로 동이리역이 있고 오른쪽으로 무논이 있는 이리시는 교통 요지 중심지답게 철로가 연대 막사 앞뒤로 달리고 있었다. 기적 소리가 끊임없고 기차 매연이 하늘을 뒤덮고 있어 늘 그리 쾌청한 날씨는 아니었다. 약 8개월 동안이지만 그 사이 정국은 눈코 뜰 사이, 한눈 한 번 팔았다가는 세상에서 멀리 내팽개침을 당할 그런 번개같은 변화가 이어지고 있었다. 그간 많은 정객이 암살당하고 좌우대립으로 무고한 시민이 죽어 나갔다. 도대체 왜 그럴까. 권 옹은 방금도 마이크로 들리는 경고 방송에 짜증을 내고 있었다. 민간인 면회를 이달 말일까지 일체 금한다는 주번사관의 방송에 짜증을 불러 일으켰다. 그 시기 진풍경을 하나 소개하면 군정에서 추진하는 국방경비대와 민간인 주체의 국군 준비대가 있었는데 그 모병 방법도 각기 달라 화젯거리였다. 우선 충원 관계로 앞다투어 사람을 끌어 들이는데 정신이 없고 길 가는 사람, 사지만 멀쩡하면 그냥 신체검사 합격으로 군복을 입히니 그 성분이나 과거 등은 일체 불문에 붙이니 가관이었다. 정국은 서로 네가 우리 편이고 네가 적이다 하고 으르렁 거리지 조병옥의 군정경찰은 아무 이유없이 데모 한 번 하고 노래 한 번 부르면 빨갱이로 몰아 몽둥이 찜질해서 철창에다 가둬 버리는 무서운 세상이 돼 버렸다. 암튼 좌익은 죽이고 우익은 살리니 어느 누가 좌익 하겠느냐. 어쩌다가 좌익에 동조해 빨갱이로 물렸다가도 국군준비대에 도망 들어가면 그것으로 끝이고, 그 사람은 경찰보고 용용 죽겠지 하고 약을 올려도 속수무책. 이러니 경찰과 군인사이가 원수지간이 되고 해결할 길이 없고 사실 좌익의 은신처가 군대라고 해도 지나친 말이 아닐 정도 혼란은 계속되고 있었고, 그렇게 핍박당한 군인이 무기를 들고 경찰관서를 습격하는 일은 비일비재했다. 그 양상은 조선전쟁 때까지 계속됐으나 그 시기까지 경찰이 주도권을 가지고 있어 군인이 수세였다.

"저놈 잡아라. 빨갱이다. 도망간다." 하고 시퍼런 제복의 경찰이 시커먼 곤봉을 피해 도망가면 뒤쫓는 수많은 경찰이 우르르 쫓아가나, 그 사람은 아니 나 잡아라 하고 인근 부대나 군막사로 도망 들어가서 욕을 해대도 경찰은 우두망찰하고 서 있을 수밖에…….
자, 명색히 군의 병영인데 이유 없이 쫓아 들어가 잡을 수 있겠는가. 그 군인들 대부분이 거의 경찰을 원수 보듯 하는데 순순히 내 주겠는가. 자진 복통할 경찰은 그 자리에서 이를 북북 갈고 자반

뒤집기를 해도 소용없는 일이었다.

'분명히 저놈이 동네 벽보 붙이고 적기가 부르고 사람들 선동하여 데모하고 파출소에 돌 던져 기물 부순 놈인데 그 꼴이니 아이고 나 못 살아.' 하고 훌훌 뛰다가 본서로 들어가 상관에 보고하면 상관은 또 못이기는 척 사이렌 울리고 군부대를 찾아가나 보초가 요지부동이라 길이 없다 사건은 이렇게 흐지부지 끝나기 마련이고 암암리에 군인과 경찰의 복수전이 꼬리를 물고 일어나고 서로 만나기가 불행……. 가지고 있는 무기로 쏘아대니 무서워서 누가 말리기를 하겠는가. 군부도 그 불법성과 난맥상을 알고 있지만 가재는 게 편이라고 결과가 뻔했다. 맞고 들어오는 부하보고 상관이 "예이요 좆같은 새끼 그래 맞고 보니 멋이 어떠냐? 당장에 쫓아가 그 새끼들 초상 못내?" 그 말은 너도 맞았으면 복수하라는 응원의 목소리. 그 말만 믿고 분탕질이 시작되고, 이것이 그 시기 군경간의 대립상. 누가 이 난장판을 수습하겠는가. 경찰 최고 책임자가 내무부장관이면 군의 최고 책임자가 참모총장인데 대결이 안 되고 죽어나는 게 하부 일선 경찰. 그야말로 무법천지가 따로 없고 일반 시민 잡범들도 그 흉내를 내서 설치니 치안이 엉망이었다. 군경은 그 시기 평소의 감정을 그런 쪽으로 풀어 나갔다. 좌익은 거기에 살길이 생겨 불법화된 처지에서 체면을 유지했다. 앞에서도 이야기했듯이 어떻게든지 군정을 반대하고 자주 독립 정부를 세우려는 순수한 중간층 자주세력은 모조리 좌익으로 낙인찍어 숙청하니 그 세력은 살아남기 위해 자기들보다 힘이 있는 좌익에 빌붙을 수밖에 없고 좌익에서는 이런 군정의 인민위원회 탄압을 회심의 미소로 바라보고 있는 게 그 시기 실정. 그래서 이리시 동이리역 옆 앞 XX 중학교에 둥지 튼 국군준비대 제3연대 정문은 늘 이렇게 시끄러워 주번사관이 견디지를 못했다.

"어이 날 봐. 홍 중위. 이대로 되겠어? 모병도 좋지만 그래도 옥석은 가려야지. 아무리 숫자가 모자란대도 일반 잡범까지 심사 없이 군번을 줄 수는 없지 않아."

"그래 그건 나도 동감이야. 이대로 갔다가는 군의 자질이 문제가 아니라 거지, 깡패, 좀도둑 소굴이 되게 생겼는데 어쩜 좋아. 응?"

"………"

말이 없는 홍 중위라 불리운 장교가 쓴 표정으로 그렇게 말한 당직 사관 권웅을 바라보았다. 할 말 없다는 표정이고 공감의 묵시였다. 권웅이가 국방경비대 제3연대 연락장교로 배치 받고도 벌써 한 달 7의 동료 홍순석은 중립적인 인물. 주이 맞아 자주 가슴을 열지만 결론은 과격한 좌우 대립을 두고 군에 침투한 좌익의 무모한 과업부과에 불만하고 있는데 홍순석은 중립적인 인물이라 좌익의 포섭 대상으로 지목받아 고민하고 있는 터. 때와 장소를 가리지 않고 군대에 침투하여 당세 확장에 혈안이 되고 있는 좌익에서는 벌써 3연대에 그 책임자가 있고 하부조직이 이미 뿌리 내린 것으로 알고 있었다. 그가 보기에 국방경비대가 아니면 남로당 별동대가 되다시피한 것이 경비대 내부 사정이고 그도 지금 그 압박에 시달리고 있었다. 그도 그럴 것이 그의 공로나 선행이 없지 않아 표창도 받은 바 있어 옴나위가 없는 처지여서였다.

"홍 중위. 새로 온 정보장교 박정X는 이미 입당했다는 말도 있는데 자넨 그걸 몰랐는가?"

"뭐? 거 육본에 있던 그 박가 아냐. 근데 그쪽 일을 자네가 어떻게 알고 있어?"

"응, 알 길이 있지. 밤말은 쥐가 듣고 낮말은 새가 듣는다지 않나. 아무리 극비지만 미CIA 애들의 눈은 무서워 자네도 조심해. 바로 그런 손을 못느꼈나?"

"나? 나는 무풍천지야. 별일 없어. 내 성분을 아니까. 섣불리

손 안 댈 거야. 나는 국군준비대 광복군쪽으로 분류돼 누가 쉽게 눈도 주지 않을 미미한 존재였고 6개월간 간부교육에서도 주위에 그런 성분의 동료나 지기가 없어서도 거기 눈을 줄 사람이 없었고 나는 특히 광복군 시절의 인내천(人乃天)사상에 경도돼 오히려 임시정부 쪽에 가까웠기에 또 그 덕분에 고지식한 인물로 간주되어 어떤 의미에서 소외당한 쪽이라 그런 사상적인 유루는 없을 거네."

오히려 그는 그런 쪽을 선호했기 때문에 금백이와의 대화나 조경순과의 접촉에서 보자면 부담이 됐으나 조경순 쪽에서 보자면 권웅은 중립적인 인물이었다. 그래서 그 시기 그 탁류 속에서 유유자적할 수 있었다. 그리고 그가 주목한 인물이 육본의 박정X였다.

그도 광복군으로 돌아왔으니 그래서도 관심을 보인 것. 그 시기 국내에는 이미 남노당 세력이 완벽하지는 못 하나 거의 군을 장악하고 있었대도 과언은 아니었다. 알고 보니까 조경순도 그 방계조직의 성원으로 그 내부조직을 지원하고 있었으며 활약이 대단했었다. 그 시기 그렇게 해서 군내의 남노당 조직은 완강했으며 명실상부하게 남로당 일색이라 명령 한마디면 어떤 일도 결행할 수 있는 조건이 갖춰져 있었다.

만시지탄이었다. 미군 측에서는 그것을 발본색원하려고 고심하나 역부족이었다. 국내는 이제 두부모 자르듯이 좌우 두 진영으로 나뉘어져 버렸다. 중간이 없었다.

노랫소리

전라북도 장수군 장계면(계내면) 장터는 번잡하고 활기차 있었다. 군청 소재지 장수보다 유동인구가 많고 교통의 요지라서 남으로 장수, 북으로 계북, 충청, 천천, 서로 안의, 거창을 바라보니 어쩔 수 없이 사람이 모이고 인구가 많았다. 1947년 9월 팔월 한가위를 며칠 앞둔 장계 장터머리 사람이 들끓고 있었다. 곧 추석이 닥치니 그럴 수밖에 없었다. 해방 되고 두 번째 맞는 추석이니 들뜰 수밖에 없어 하릴없는 사람들이 덩달아 덩실거리며 가게나 굿놀이를 기웃거리고 있었다.

"어둡고 괴로워라, 밤이 길더니 3천 리 이 강산에 새봄이 왔네 동무야 자리 차고 일어나거라. 산너머 바다 건너 태평양 넘어 아아 자유의 자유의 종이 울린다."

어디서 옛날부터 은밀이 간헐적으로 듣던 노래소리가 바람 곁에 날려 이 장터까지 들려왔다. 가까워지다 멀어지고 그런가 하면 큰소리로 장터를 꽝꽝 울리고 그러다 그것은 바람소리도 환청도 아니고 분명 사람들의 합창. 그것도 나이 젊은 여인네들의 고운 목소리니 사람들은 두리번거리며 그 소리를 찾을 수밖에~. 젊은 낭자군이 손에 손에 태극기를 흔들고 수십 명이 발맞춰 행진해 오고 있었다. 가까이 올수록 그 노래는 커지지만, 그리 깨끗한 음계(音階)는 아닌 것이 밝혀졌으나 소리는 힘이 있었다.

"자, 다시 한 번 해봐요."

선도자인지 여자가 깃발을 그 소리에 맞춰 흔든다. 젊은 여자였다. 더 흔들어 노래에 추임새를 넣고 있었다. 노래는 다시 이어지고 그 가락 그대로 움직이고 장터 속으로 잦아들었다.

"참 어제가 옛날이여. 잉. 저 사람들이 언제 저렇게 소리를 맞춰 노래 불러 본 적이 있었던가. 왜놈 군가 못 부르고 황국신민 서사(고고구 신민 노지까이)를 억지로 외어야 하고 일본군가 한가락이라도 부를 줄 알아야 기차나 바스(버스의 일어)를 타게 하는 지옥을 겪은 사람들이 하는 이야기였다.

처녀들이 부른 달밤의 오동추야, 달이 밝아 오동동이냐 하는 달타령도 못 부르게 하던 일본이 폭싹 망하고 나니까 노래라고 어디서 흘러 들어온 그럴듯한 가사와 노래를 모두 함께 부르니 그 신기함이 여간 아니어서도 그 노랫소리에 귀를 기울일 수밖에 없었다. 장계장터에 한낮이 기울고 있었다. 이번에는 좀더 힘찬 노래 소리가 장터 한가운데서 터져 나왔다. 그것은 전부 젊은이 목소리 남녀 혼성이었다. 그중에서도 그 노래를 끌고 가는 여자 목소리가 정말 청간스러워 사람들은 모두 그쪽으로 돌아서서 귀를 세웠다. 노래는 군가도 아니고 선동가 같은 거였으나 사람들은 그것을 분간 못하고 가락이 너무 선동적이고 회고적인 데 귀를 모았다. 그리고 목소리가 더 간지러워져 사람들은 두리번거렸다.

① 높이 들어라 붉은 깃발을 그 밑에서 전사하리라. 비겁한 놈아 갈테면 거라. 우리들은 붉은 기를 지킨다.

② 모스코바에 깃발 날리고 시카고에 노래 소리 우렁차도다.

그것은 하소연하면 뿌리치는 치맛자락을 부여잡은 어느 사내의 목소리처럼 감칠맛나게 울려 퍼지니 듣는 이 누구나가 쥔 주먹에

힘이 안 들어가고는 못 배길 흡수력이 있었다. 그것은 일제 때는 들어보지도 못했던 군가도 아니고 더 멀리 실가닥같이 꼬리 끄는 노랫소리도 아니었다.

모두 일어나 박수라도 치고 싶은 힘 있는 노래였다.

"어이 저 노래가 무신 노랜디 저렇게 조탕가. 참 존네. 쪽발이 쩍에 그렇게 자주 부르라고 조르던 미요 도까이노 소라하레데도 아니고 더구나 우리말 아니다고? 모스코바, 시카고 어쩌고 한 것이 좀 요상하지만 붉은 깃발은 또 무엇이며 태극기 보고 그러는 건 아니겄고"

"금매 말이시. 모도 저쪽에서 그 사람들이 모여서 땀을 식히는가 본디 가서 누가 그렇게 목소리가 존가 알아나 보제."

사람들이 그 손바닥만 한 장계장터에 모여들고 그러자니 그 안에 갇힌 남녀 청년들이 어리둥절할 수밖에……

"머 그것이 지금 생겼다는 여자 청년단이라고?"

"뭐 여자 청년단이라니."

"응. 나도 들었네만 그려 뭐 여맹아라드만 사십 명은 되제. 저게 전부 여그 사람이다?"

"오사하고 앉았네. 글면 타관여자 꿔왔건는가 전부 장터 여자라든만."

"아이고 글면. 이 장계 바닥에도 저렇게 뽑아 논 무시 같은 여자들이 있었구만. 잉."

"등잔 밑이 어둡다고 저 사는 동네 여자 하나 분간 못허고 에이 요 멍청이 잘 봐. 저 저 제일 앞에 선 여자 잘 봐. 그게 누군가?"

"아니 가만, 글고봉게 나도 한 번 본 것 맹인디."

"잘 봐. 명태껍데기 떼고 금백이라고 위안부 갔다 왔다고 왁자하던 그 금백이 그 아부지가 노덕보라고 응……."

"응. 인자 알겠구만. 그 유명한 금백이가 저렇게 멋들었을까. 내 작년 섣달에 본 것 맹인디. 세상에 참 사람도 열 번 변헌다고 누가 저것이 그 왜정 때 위안부 끌려갔었다는 금백이라고 허것어. 참 이쁘기도 허고 살도 오동포동하니 쪘구만 그러네."

"씨잘디 없는 소리. 인자는 장수군 여성동맹 선전부장이랴. 우리 같은 것들은 악수도 못 헌디. 인자 그때 막 돌아왔실 적에 봉게 참 심란하게 생겼드구만. 잉. 미꾸리가 용 됐다고 장단지가 미끈미끈허고. 참."

"남자들은 숭도 못내지 참말로 욕심나게 빠졌네."

"예이 승. 히히히히."

"겉으로만 보면 누군지 입맛 다시게 생겼구만 그러네."

"숭헌. 나쁜 놈의 자식. 개 눈에는 똥만 뵌다고, 그려 니 말이 옳다. 그렇게 생겼다."

"나도 잘 모르는디. 한마디로 해서 저 사람들이 앞으로 이 나라를 차치고 포치고 한단 말이시."

"뭐여 글면 군정놈들이 가만이 있이까? 지금 한참 자기들이 이 나라를 차지할라고 벨 요상한 수를 쓰고 있는디. 응. 그것이 그렇게 될랑가. 그러면 서로 쌤이 되고 말이시."

"응. 그건 맞는 말이고 나도 그게 걱정이여. 애면글면 찾은 나라를 양놈들이 차지허고 들어 앉았이니 인자는 꼼짝도 못하고 그 꼴이제. 그렇다면 저 사람들이 그 양놈덜 꼴 볼라고 허겠어."

"아이 가만 있어. 생각해 봉게 너무 무섭네. 쌤이 붙어도 큰 쌤이 되겠는디. 저 청년들 허는 것 봉께. 쌤이 불었다면 조선사람 다 일어나겄는디."

금백이가 돌아오자 재빨리 달려 온 데가 남로당. 그들은 이미 금백이가 어떤 인물이며 바탕이 어떤지를 속속들이 알고 있어 기다리던 사람이었다. 그리고 예정대로 포섭해 입당부터 서둘고 후

노랫소리

보당원 자격으로 전라북도 도청소재지 전주에까지 보내 핵심당원의 소양교육을 이수시키고 그 가족은 자기들이 앞장서 보살피니 어안이 벙벙해진 것이 노덕보와 금백이 어머니 고만이었다. 두 사람은 딸 때문에 일시에 호강하게 된 것. 본래 재치 있고 눈썰미 있고 총기 있는 금백이는 7개월 동안에 새사람이 됐다. 독해력도 중졸정도는 쉽게 이수하고 그 자질을 간파한 도당에서는 그녀 한 사람을 위해 공아도라는 늙은 당원을 개인교수로 붙여주는 배려도 아끼지 않았다.

장계에서 8km 떨어진 명덕리(明德里) 수연 광산에서 왜정 때부터 박헌영의 오른팔이랄 수 있는 중책을 맡고 있다가 종전 무렵 불의의 낙반사고로 불구가 돼 해방 후 박헌영과 함께 일할 수 없게 된 그는 전북 도당 당원 교육에 심혈을 기울이던 인물이 금백이를 맡아 담금질해 만들어 냈으니 얼마나 원숙한 당원이 되겠는가. 공아도는 금백이를 알고 속으로 혀를 내두를 정도로 감탄하고 눈을 똑바로 뜨고 가르치기 시작했다.

그는 옛 조공의 거물답게 어린 금백이에게 단시일 내로 그 어렵다는 볼세비키 당사까지 주입시켰으니 될 법이나 한 일인가. 그게 무리인 줄 알면서도 교양과목에 넣어 주입시켰다. 그 짧은 시간에 조선의 근현대사의 대강과 세계사는 물론 영어의 기초까지 손을 댔다. 전북도당에서는 이제 특별당원이 하나 생기고 그녀는 그 즉시 장수군 여맹 선전부장으로 나섰으니 누구 하나 토를 다는 이 없고, 손색없이 그 직책을 완수해 나가니 그녀의 스승이랄 수 있는 공아도도 무릎을 쳤다. 자기 노력의 결정체가 출중하게 당원을 이끌고 있는 데 감탄해서.

- 자. 따라하세요.

모스크바에 깃발 날리고 시카고에 노랫소리 우렁차도다. 높이 들어라 붉은 깃발을 -.

"가만, 잠깐 거기서 숨을 끊지 말고 그 밑에서를 발음할 때 한번 숨을 쉬지 말고 한 옥타브 끌어올려서 그를 강하게 발음하세요."

금백이가 합창 단원에게 주의 주는 말로는 너무 격이 높아 그의 입에서 음악용어가 나오니 듣는 이들이 서로 얼굴을 마주 보았다. 금백이는 노력파. 음악까지도 파고들어 그 윤곽을 알고 있었기에 「적기가」를 손색없이 교육하고 있는 것이다. 방금 부른 노래는 유명한 「적기가」. 그것을 그녀는 벌써 체질화 했기에 자신 있게 단원들 앞에서 선창했다.

장수에서 12km의 노정을 행군으로 다가오던 여맹원들은 그 노래를 두 번 부르고 나서 장계장터에서 다리를 건너 백여 미터 위의 사거리 길에서 잠시 숨을 돌리고 있었다. 전주, 무주, 장수, 남원 등지로 분지(分地)하는 사거리. 여맹합창단을 구경한다고 모여든 장정이 하 많았다.

"노 부장님을 찾는 분이 있는데요."

같은 대원 신분이지만 서열이 다른지 태도가 공손했다.

"뭐 나를?"

금백이는 간이의자에서 일어섰다. 단복은 아니지만 흰 무명저고리에 검정 돔방치마에 운동화를 신었으나 다른 대원과는 달리 완장을 차고 허리에 그 시기 똥가방이라 불리던 갈색 가죽 가방을 달고 있었다. 모자를 쓰고 늘씬한 몸매가 천천히 일어서서 둘러본다. 그리고 자기 앞에서 조금 전의 같은 여맹원을 건너다 보았다.

"핫핫하, 노금백이……. 그래 동지지 이자는……."

한 군인의 계급은 중위인데 덥지도 않은데 군모를 벗고 제 얼굴 윤곽을 있는 대로 드러내 상대 앞에 내보였다.

"아이고머니, 권 아저씨 아니 권 중위님 이게 어찌된 일입니까"

일이었던 그 몸 그대로 그 군인에게 매어 달리듯 기울어져 울부짖는 금백이는 양손까지 벌려 상체를 내밀었다.

군인이 두 손으로 그런 금백이를 받아 안고 바로 세웠다. 많은 눈을 의식해선지 보듬지는 못하고 손을 뗐다.

"권 중위님 이게 어찌된 일입니까. 권 중위님 아니 권웅 아저씨가 맞죠?"

"노 동지 이자는 금백이가 아니고 어엿한 여맹단원인데 내가 감히 그 이름을 부를 수 있나? 나 권웅 알겠소? 햐, 십 년이면 강산도 변했댔는데 십 년이 아니고 불과 반 년 됐는데 이렇게 미녀가 됐소. 암튼 반갑소."

물결치는 금백이 어깨가 애잔했다.

"으으으, 이렇게 살아계셨군요. 나 이렇게 됐어요. 으으응. 아이고 보고 싶었는데."

그리고 두 주먹으로 권웅의 앙가슴을 빨래 방망이질하듯이 때린다.

"자자. 어린양은 그만하고 이야기나 합시다. 나 지금 남원 부대로 돌아가는 길, 번암(幡岩)에 볼일이 있어 갔다가 오는 길이요. 반갑소. 암튼 부모님 기력 좋으시고?"

"네. 물론이죠. 권 중위님 보고 싶어 하시는데……."

"뭐? 날 허허허. 큰일 났구나. 나 죄진 거 없는데."

권웅 중위는 번암에서 탈영병이 사고치고 경찰과 대치 중이라는 급보를 받고 거기 들렀다가 귀대(남원)하던 중 그 길목인 장계에서 잠시 쉬려고 차를 세웠던 것. 그는 금백이 고향이 장계고.

자기 발로 찾아가 그 아버지 노덕보를 위로한 적이 있어 관심이 가던 곳이고 또 어쩌면 금백이 뒷소식이라도 알 수 있을까 해서 두 판 잡고 시장통에서 차를 세우려는데 그때 마침 행진해 오는 여맹원들을 만났고 뜻밖에 그 단원을 인솔하고 노래를 부르며 다가오는 금백이를 보고 그만 하마터면 금백이! 라고 소리 지를 뻔했으나 달라진 금백이의 위상을 보고 눈만 껌벅거리며 그 자리에 지켜보았던 것.

'햐, 그러면 저게 분명 금백인가. 저렇게 달라질 수 있어?'

분명 굵어진 몸매 뭉실한 젖가슴과 돔방치마 밑으로 쭉 뻗은 새하얀 종아리는 너무나 색정적인데 고개를 짜싯거리며 바라보았다. 양가 규수가 무색할 음전한 몸매, 요나한 허릿매는 어떻게 보나 전과는 전혀 다른 색정을 자아내고도 남고 더구나 얼굴 표정이 엄청 달라지고 그전에 보인 백치미 같은 조금은 이쁘장했던 이미

지 같은 것이 이성미로 자리바꿈하고 있었다

그게 권웅이가 본 금백이의 첫인상이며 뒤따르는 의문이었다. 그리고 두 번 놀란 것은 그녀가 잠시나마 나눈 대화에서 정확한 표준어를 쓰고 있는 것이었다. 또 있다. 자기도 모르는 정치술어가 술술 입에서 나오는 것의 두 번의 놀라움. 굳게 잡았다 놓은 권웅의 손도 아직 떨리고 있었으며 금백이 울음도 그치고 있었다.

"그래 여맹이면 많이 바쁠 텐데……."

"아무리 그래도 권 중위님 만났는데 시간 낼 수 있으니 걱정마셔요."

"뭐?" 그 말에 반문을 못하고 아금받은 금백이 댓구에 기를 앗겨 버렸다.

"자, 노 동지. 나 시간에 쫓기는 사람. 할 이야기 산처럼 많아요. 나 3연대 5대대 파견대장이니까 남원 향교만 찾으면 되오. 빨리 만납시다. 내가 노 동지 찾는 것보다 그게 빠를 거요."

"예. 그렇게 하겠어요. 저도 이 길로 바로 읍내에 들어가야 하니까 그게 좋겠네요. 가지요. 내일이면 저도 이번 주 훈련계획이 끝나니까요."

그 말 끝에 오는 말이나 표정은 뭘까 앙가슴에 두 주먹을 모아

쥐고 제자리걸음하는 모습이었다. 몹시 안타깝다는 간절한 표정. 손만 벌리면 금방 뛰어들어 몸을 실어와 무너져 내릴 그런 심정이 아닐까. 잠시 뒤 권 중위가 탄 지프가 파란 연기를 남기며 장계 장터다리를 건넜다. 금백이가 손을 흔들고 있었다. 울면서 떠나보낸 사람 다시 만날 길 있는 이별이라 금백이 얼굴에서 미소가 감돌고 있었다. 조경순에 비해 조금은 날이 선 얼굴이고 양 눈을 치뜨면 제법 엄하게 보이는 것이 금백이 얼굴 소묘였다. 그런 금백이 얼굴이 권웅 머릿속에서 조용히 웃고 있었다.

세 가지 이름을 가진 쪽발이 장교

금백이를 떠나보낸 권웅은 틀림없는 군인이고 계급은 중위였다. 군인! 아니 군대라면 맞는 표현이었다. 그렇게 회오리바람 속에서 커온 금백이는 일본군으로 하여 받은 상처 때문에 군대라면 우선 거부감이 있는 것이 사실이고 혐오감이 앞선다.

그 지옥같은 황색군복의 집단은 두억시니였고 꿈에 볼까 무서운 허상들이었다. 그래서 돌아와 두서없이 지날 때도 눈에 띄는 카기 색은 거부의 대상이었다. 모조리 그런 그녀 앞에 나타난 권웅의 군복, 더구나 중위라는 계급장은 그리 반가움의 대상은 아니었다. (아아, 권 아저씨도 군인이 됐구나.) 하는 묽은 실망이 없었던 것은 아니나 그러나 그것을 현실로 받아들이려고 노력했다. 그러나 그 때의 군에 대한 불신(정통성)은 쉽게 묽어지지 않았다.

어린 마음이지만 일어나는 의문이 왜 조선의 국방경비대라면 일본군 쪽발이 군대 출신들이 그리 많은가 때 묻지 않는 사람이 그렇게도 없단 말인가. 그러면 자신을 살려낸 권 웅이란 사람은 뭔가. 그도 군인이고 쪽발이 적에 쪽발이 군인에 있다가 광복군으로 도망나왔었다면 깨끗한 편이 못 되는데 그런 사람이 장교가 돼? 그것이 의문이었다. 사실이 그랬다. 하찮은 좁은 시야의 금백이 눈도 국방경비대를 보는 눈이 크게 다르지 않았다.

그것은 건국 주도권을 조공이나 인민위원회나 건준 등 다른 세력에게 빼앗기지 않으려고 손을 쓴 미군정의 첫 사례가 조선국방경비대 창설작업이었다. 알려진 대로 골격은 친일 장교 일색이고 남보기 부끄러우니까 광복군 출신 몇몇을 끼워 넣었으나 그것도 나중에는 도태시켜버려 1년 후는 거의가 친일파 일색의 국군이 전국에 포진했다.

그것이 이승만의 의도이기도 했고 그 친일장교 일색의 군대를 기반으로 온갖 정치 권모술수가 판을 치고 웬만한 정객 암살사건은 전부 이 군대가 모체가 돼 기획되고 실행됐으니 누가 토를 달 겠는가!

한편 그것을 기반으로 해서 미군정은 착실히 남한점령의 정지 작업의 시나리오를 쓰고 있었다. 군대는 국토방위의 방패가 아니라 외세의 신식민지 점령의 첨병이란 비아냥이 떠돌고 그들 자신이 그것을 시인하고 있었다. 그들 자신 군벌들은 앞 다투어 미국의 용병되기를 자청하고 눈치를 보고 있었다. 이제 일군 출신 아니면 행세를 못할 형편이 됐다. 그러니 어중이떠중이가 일군 출신이란 수치스런 이력을 자랑하고 군부대에서 군웅이 활거하고 있었다. 일군에서 광복군으로 처졌다가 경비대에 들어온 사람도 있었다. 또 만군에서 충성했다가 일본군으로 이적해서 반역했거나 그것도 모자라 해방이 되자 재빨리 구명도생하려고 광복군으로 둔갑해서 국군준비대로 숨어든 보기가 하나 둘이 아니고 그것들이 건국의 주역이 됐으니 이 나라 군대의 정수와 정통성은 어디에서 찾을 것인가 암담한 일이었다. 그런 혼탁과 무질서는 극을 달리고 있었다. 그러니 그런 혼란과 무질서의 틈을 타 남로계가 얼마나 춤을 추며 군을 좌지우지하겠는가. 군이 남로당의 온상이 된 것도 그만한 까닭이 있었다. 백모, 김모, 이모라는 기라성 같은 대한민국 군번 1, 2, 3번 전부가 다 일군 출신이니 꼴이 뭐가 되겠는가. 그런 상황에서 남로당의 지령 한번이면 언제든지 쿠데타가 가능하고 반란이 눈앞에 있었다. 대한민국 군번 1번인 이XX은 자원해서 이승만의 경호를 맡을 정도로 그 위계 서열이 난장판이었다. 이승만도 경무대 경호원이 수백 명 우글거리는데도 밤새 발치가 어두워서 한 발짝만 헛디뎌도, 아이고 나 죽는다. X근아 나 좀 살려라 할 정도로 그 이X근이를 총애할 정도. 그게 군의 실정.

"도 상사. 어떻게 생각하는가. 이 판 속이 오래갈 것 같은가. 나는 곧 하극상이 벌어지고 군대 내에서도 주먹이 앞서는 사태가 벌어질 것 같은 게 내 육감이다."

"글쎄요. 권 중위님이 그렇게 보셨다면 틀림없겠죠. 아닌 게 아니라 판은 개판입니다. 제 종형 한 분이 육본에 있는데 며칠 전 공용으로 출장 왔다가 갔는데 그때 이야기가 좀 있었죠. 육본도 지금 이 나라와 판이 같다고 합니다. 참모총장은 허수아비고 전부 남로당판이라고, 이러다가 인제 무슨 일이 벌어질지 모를 정도랍니다. 그런데 양키들이 그 판속을 모르겠어요. 알고도 시치미 떼고 있는 거 걸리기만 걸려라 한방에 모다 박살내버리겠다고 이를 갖고 있겠죠. 생각해 보세요. 자기들 피 흘려 겨우 거머쥔 남한이란 땅을 그냥 호락호락 빼앗기겠어요. 권 중위님 1,372일 아셔요?"

"아니 1,372일이라니."

"들어 보세요."

도 상사는 그것을 설명했다.

미군이 1941년 12월 8일에 일본과 개전했다가 1945년 8월 15일까지 1,372일 싸워서 남조선 먹었는데 소련은 1945년 8월 8일 참전했다가 1945년 8월 15일까지 꼭 8일간 싸워 북조선 먹었죠?

미국으로서는 억울해서 훌훌 뛰다 죽을 일 아녜요? 그런 미국인데 지금의 남한의 혼란을 그냥 보고만 있겠어요? 그냥 뒀다가는 통째로 남로당 좋은 일 시키는데……. 어떻게든지 털고 가겠지요. 그러자면……. 가만 지랄병이 난다 이겁니다."

"지랄이 난다 그거지. 도 상사."

"네에, 맞습니다. 틀림없죠."

"응, 거 참한 이야기다. 너 어디서 나온 계산이고 발상인지는 몰라도 사실이 그렇구나. 응, 그래. 그러면 미국이 그냥 두지 않지. 일단 손을 쓰겠지. 그건 예상인데 남한 땅을 호락호락하게…….

세 가지 이름을 가진 쪽발이 장교

응, 알만해. 그렇다면 남로계 애들 장난을 그냥 보고만 있지 않겠지. 어떻게든지 털고 가겠지. 그러자면 전쟁?……. 가만 있자."

"그러자면 양키들이 선수를 써서 숙군이란 방법으로 군대를 개조할지도 모르지요."

"그러게 말이다. 우리 뿌리 없는 광복군파 다 죽는 거 아니냐. 그리되면?"

"고래싸움에 새우 등 터진다고 남로계 때문에 애먼 우리가 다 당하는거 아뇨? 권 중위님."

"글쎄 그럴 수도 있지 그러나 그런 인위적 재해는 미리 피하거나 예방하는 것이 지혜 아닌가."

"그럴 수도 있지만 그게 어디 쉬운 일입니까."

매미가 울고 있는 느티나무 아래 그늘에서 일과가 끝난 후 두 사람은 잠시 한담을 나누고 있는 중.

남원읍 남쪽 향교 대문 쪽 부대 앞이었다.

"어디서 들은 이야긴지 모르나 근거 없는 이야기는 아닐 것이다. 불안하다는 거야, 도 상사. 이제 새삼스럽게 할 이야기는 아니지만 도 상사도 광복군 출신이라면 나와 뭔가 호흡이 맞을 것 같은데 말이야. 나도 도 상사나 같은 광복군 출신이고 보면 부랄 친구 같은 처진데 얄량한 계급 때문에 더 타파 못하고 어정쩡하게 대화하니 마음이 편찮아, 계급이 뭔지 메스껍다구. 나이가 어찌 됐어 지금……."

"지금 막 서른하나 됐죠."

"그럼 나하고 동갑인데 말을 놓아 미안해 도 상사. 도 상사도 광복군으로 돌아 왔다면 입관할 수 있었을 텐데……."

"그래요 나도 애초 입관할까도 하다가 생각했지만 돼가는 꼴이 싹수가 없어 마음 돌리고 제대나 할까 궁리 중이죠. 이 군대 아니 뭐 대한민국? 틀려먹었어요. 돼가는 꼴이 이러다가는 송장 많이 나오게 생겼어요."

"………."

듣고 있는 권 응 중위의 얼굴이 시무룩 죽어간다. 그도 그럴 것이 자기와 동긴데 자기에게 꼬박꼬박 경어를 쓰며 보비위하는 도 상사가 언짢게 보여져 마음이 어두워진 것.

"도 상사 만난김에……. 도 상사도 돌아가는 정치 판속을 잘 아니까 하는 말인데 지난번의 신탁통치 소동은 어찌된 거야. 나는 무슨 야바위 속인지 도둑놈은 시끄러운 장터가 좋다고 양키들이 소동일으켜 한몫 잡으려고 쇼한 거 아냐?"

세 가지 이름을 가진 쪽발이 장교 **155**

"아니 권 중위님 거 재미있는 말을 썼는데 쇼라는 말이 맞습니다. 신탁통치 소동 그건 분명 양키들이 일으킨 쇼였지요. 그런데 나도 그 정도밖에 몰라요."

"아는 대로 설명해 봐. 그 신탁통치 반대소동으로 죽은 사람도 있었다는데."

"네, 양키들의 원맨쇼로 또 한 번 불쌍한 남조선이 어육이 된 거죠. 신탁통치, 권 중위님 신탁통치를 실시하기 전에 꾸민 야료를 모르시죠?"

"뭔데 그래. 빙빙 돌리지 말고 단칼에 베어 버렷."

"2차 대전 중에 연합국이 발표한 포츠담 선언 아시죠?"

"그 정도야 전쟁 중에 있었고 광복군에 와서야 자세히 알게 됐지."

"전쟁 이기면 생기는 점령지를 자국의 영토화 할 수 없다는 조건이 포함된 게 그 내용 아니었나요?"

"그래 그렇지."

"그런데 미국은 그것(단서)을 사문화시키고 조선을 점령하려고 꾸민 것이 신탁통치 소동입니다. 그 바람에 혼란이 일어났고 사람이 죽고 그러자 그것을 빙자한다고 얼렁뚱땅 군정실시했죠. 지금 군정하고 있죠. 이만 하면 조선 섬팅 깨끗이 끝난 것 아닙니까"

"히야, 일은 그렇게 됐구나. 그럼 군정도 끝이 있고 소련이 가만 있겠는가, 다음 수순이 있겠는데."

"있죠. 소련이 있고 세계 눈이 있는데 군정 오래하겠어요. 미국이 데리고 온 이승만이란 작자 아시죠?"

"음. 우리말도 제대로 못하는 그 목사?"

"그만하겠습니다. 그 다음은 권 중위님의 추리(상상)에 맡기겠습니다."

"가만……. 음……. 음. 그럼 그렇게 되나?"

뭣에가 홀린 사람처럼 허공에 눈을 주고 웅얼하던 권웅이 갑자기 무릎을 탁 치더니

"응……. 대강 감이 잡히네. 하기야 그것 짊어지고 갈 데는 논밖에 없지. 알겠어 알겠어."

"하 히히히 이자 감이 잡힙니까? 이 조선 문제 갈수록 산입니다. 그리고 미국, 소련은 이미 샅바 싸움이 시작되고 그 사이에 북한의 똘만이 김성주가 싸움을 걸고, 이게 미국의 저의입니다. 사사건건 그 자가 들어 방정떠는 바람에 크고 작은 불난이 일어나 시끄러워지고 소련은 본의 아니게 극동에 북한이란 거점을 마련

세 가지 이름을 가진 쪽발이 장교

했다는 점에서 적자는 아니고 미국이 아까 이야기한 1,372로 손해를 봐 그것 때문으로 세상은 끊임없이 시끄러워질 것입니다"

"거익태산이란 말대로 큰일이군."

권웅이 중얼거린다.

"근데 권 중위님 왜 정치판이 이렇게 시끄럽게 돌아가는지 그 뒤에는 물론 좌익이 있다지만 일어탁수(一魚濁水 물고기 한 마리가 물을 흐린다.)라고 그들의 횡포가 너무 심해요. 종형 말 들어보니 육본은 그들 빼놓으면 사람이 없대요. 일선 부대 인사권까지 좌지우지한다는데 어쩌면 좋습니까."

"뭐 듣자 하니 일군파가 득세해서 오히려 그들이 좌익을 부추겨 인사에 지장을 줄 정도라는데 그 대표적인 인물이 박정X라고 만군 광복군, 일군 다 거친 아주 처세에 능한 인물이랍니다. 그자가 좌지우지한대요."

"뭐 박정X? 듣던 이름인데."

"팔망미인인데 모를 사람이 있겠어요."

"만주군관학교 시절에는 일본의 괴뢰국 만주의 국왕 부이한테 상장까지 받고 또한 양키들에게 서약서까지 쓴 자. 일본 교육시절에는 어찌나 황국신민으로 충성을 다했는지 그때 일본 사관학교

교장 나구모 중장한테서 금시계까지 하시 받을 정도로 충성했고 일본관동군에 배치 받은 뒤에는 주로 조선 독립군 토벌의 선봉장으로 충성하는 바람에 일본 천황한테서 적자(赤子)라는 칭호까지 받은바 있는 희세의 친일파가 종전이 되자 광복군으로 위장 귀순하여 국군준비대에 들어가 육사 특기를 나와 대위로 임관한 인물인데 모를 리가 없지요. 지금 그 이름 떠르르한데 그자가 보통 인물이 아니고 좋게 말해 이중스파이 정도 되겠죠. 이름도 왜정 때는 일본에 충성한다고 오까모또 미노루에다 다까기 마시오라고 개명해서 자기 본명 박정X까지 합치면 이름이 세 개인 장교가 대한민국 국군에 있지요."

"햐. 굉장하구나. 그런 인물이 국군의 수뇌부에서 국군을 좌지우지 해 그리고 뭐 남로계에도 손대고 있다고?"

"그건 확인된바 아직 없으나 소문이 자자하답니다."

"첩첩산중이구나. 아까 이야기한 재앙을 당한 거야. 그자 지금 나이가 몇 살이고 가족관계 아나?"

"서른셋인가 장가가서 딸 하나가 고성서 크고 있다는데 처와 별거 중이래요."

"응, 유명짜한 작자로군. 그자 경계해야 되겠다. 배신과 위약을 밥먹듯이 하는 놈이 언제 어느 때 그 버르장머리 내놓을지 모르지. 제 몸에 배인 그 배리의 유전자는 변함이 없고 죽은 뒤의 정자에게까지 남을 처지니까 고약한 놈이로군. 그자 관동군에 있을 때 때려잡은 독립군이 수백 명은 될 텐데 그런 자가 왕생극락할 수 있을까?"

"나 불제자는 아니지만 그건 무리일 것 같아요. 왕생극락이 아니라 왕생지옥이 돼야 하겠죠."

"어이, 이야기가 너무 살벌해지고 차가 떨리니 화제를 바꾸는데 자네도 관동군에 있었다면 나하고는 다른 세상에서 살았겠는데 나쁜짓 많이 했지? 솔직히 이야기해 봐. 나야 왜군에 있긴 있었지만 행군과 보초 근무 넌더리가 난다. 죽어라 하고 도망 나와 광복군에 붙었지만 듣자니 관동군이 잔인했다면서……."

"뭐, 권 중위님이 훤히 알고 묻는데야 할 말이 없네요. 짐작대로 그들은 굉장히 잔인했어요. 정말."

"그럼 그것도 사실인가?

이야기할까. 중국여인을 수없이 희생시켰다는데 기록은 나도 보았는데 사실인가?"

"중국여자뿐 아니죠. 중국내 약소민족, 요족이나 위구르족 모두가 쪽발이들의 밥이었이요.

거, 중국 여인들 전족이라고 있지요 여자들 어릴 적부터 발을 못 크게 천으로 꽁꽁 동여매 발육을 중단시켜 일종의 기형인을 만드는 것인데 그 이유가 구구각색 다른데 다른 민족에 비해 성비(性比)에서 남자우위라 여자가 절대부족하고 따라서 여자는 중국의 명물 쿠리(勞刀)나 빈민들은 여자 차지를 못되고 부호니 유지, 지주들의 독점물이 되기 때문에 그 여자의 생활은 자연히 은둔적이고 과년한 여인이 출가하면 그 집에서는 도망 못 가게 별거 시키는데 발이 정상이면 도주의 우려가 있으니까 아예 어릴 적부터 여아는 낳으면서 발을 기형화 시킨다는 설화, 또 한편으로는 성적으로 변태 성욕의 대상으로 만들기 위해 발을 못 크게 해 그 대신 둔부(엉덩이)로 힘이 쏠려 성기의 일부가 잘 발달해 성교시 쾌감을 준다는 것."

"하하하, 그 괴상한 질문입니다만 과거를 이야기 하게 되니까 안 할 수 없고 음험한 일 정말 많았습니다. 상상에 맡기겠습니다."

"좀 자세히 얘기해 봐, 도 상사. 같은 관동군에서 못할 짓 했다고 가정하고 털어 놓아 봐. 뭐가 두려워 쪽발이 놈들 죄상을 까밝히는데······."

"………."

잠시 말이 없던 도 상사가 입맛을 다시며 힐끗 권 중위를 돌아다보며

"권 중위님 그럼……. 긴짜꾸라고 들어 보신 적 있으세요?"

"음. 나라고 왜 그 말은……. 오히려 가슴 아픈 이야기가 될 수 있는데."

권웅은 전시 중에 만난 어느 조선 위안부를 떠올리고 있었다. 그 여인이 그런 여인이었던가, 고개가 짜싯거려졌다. 그게 그런 여자였던가. 그때의 충격을 떠올리지 않을 수 없었다. 처음 맞은 그 신비스러운 성적쾌감, 자기도 이미 숫총각은 아니고 여체를 알만치 아는데 금백이와의 성교에서 받은 야릇한 쾌감과 만족감은 처음이었고 그것이 흔히 이야기하는 신비스런 성기였다는 결론을 얻었을 때의 포만감은 아직도 유효한데 도 상사 입에서 우연히 그 이야기가 나오고 보니 붉어지는 게 제 얼굴이고 떠오르는 게 금백이 얼굴이었다.

"응, 그래서 들어봤고 상상하지."

"그러면 답은 자연스럽습니다. 중국의 야비한 남성은 그렇게 해서 여인의 후천적 성기의 구조 변화를 유발시켜 자기만족을 얻

는 거죠"

"어이 도 상사, 그래서 어쨌다는 거야. 그 전족 여인의 성기는 그럼 다른 여체의 성기와는 다르겠네."

"와, 하하하하. 불필재언(不必再言)입니다. 하하하하, 네. 썩을 년의 새끼들 그러니까 억지로 여자 성기를 주머니로 만들기 위해 전족을 시켜 이상스런 걸음 걸음걸이로 성기의 어느 부위 근육을 변태적으로 발육시키는……. 에잇 개 같은 종자 어디 할 짓이 없어서……. 대강 그렇습니다. 하하하하."

도 상사도 자기가 한 말이 너무 우스운지 웃음 코를 터뜨려 버렸다.

"하하하하, 허허허허."

권 중위도 배꼽을 잡고 웃어 제꼈다.

"불쌍한 인종들, 인구가 많으니까 별 지랄 같은 종자가 다 생기고 조선은 거기에 대면 천국이야. 양반 상놈은 있었지만 그 정도는 아니였잖아. 가련한 일이다. 정말."

"전족이 그런 내력이 있는지는 몰랐지만 참."

"권 중위님 면휩니다."

"뭐 나를 찾아 누가?"

일과 끝나고 모처럼 한담을 나누고 있는데 권 중위가 불만스럽게 정문 쪽을 바라보았다.

"아니……. 금백이 금백이 아니야."

활짝 핀 권웅 중위 얼굴이 정문 쪽으로 움직이고 있었다.

"아이고 금백이 이게 웬일이야? 허허 이쪽으로 와요. 응."

권 중의가 황망히 양손을 벌려 뚜벅뚜벅 걸어 나간다.

"권 아저씨 아니 권 중위님."

하는 목소리가 마치 젖먹이 이제 막 걸음마를 시작한 아이가 굶주린 끝에 만난 엄마 품을 찾듯 역시 두 손을 벌리고 군복을 향해 다가들었다.

남원 읍내에서 서쪽 조산머리 끝에 있는 동네 한쪽 조촐한 초가 앞에서 벌어진 한 토막 무언극이었다.

"기어코 왔구만. 노 동지가 나를 잊지 않고. 응 고마워. 자, 어서 이리로 들어요."

한복을 곱게 차려 입은 금백이는 돔방 치마지만 저고리를 받친 그 치마 색깔이 현란했다. 발에 신은 반화가죽 구두가 돋보였다. 손에 든 핸드백과 양산이 또 색을 갖추고 있었다. 이렇다 할 양가 규수도 쉽게 갖추기 어려운 빈틈없는 옷차림이었다. 그때 노파

한 사람 어지간히 휜 허리를 억지로 세우며 그 처녀를 바라보고 있다가

"원 참말로 좋게 생겼네. 권 중위님 손님인개빈디 자 들어오시오."

작으나 정갈한 초옥은 방 두 칸에 부엌 한 칸의 조촐한 만듦새, 안기다시피 권웅에게 손을 잡힌 금백이가 토방에 올라섰다. 이윽고 방문이 열리고 방문이 닫히고 방안에서는 갑자기 괴상한 울부짖음에 새어 나왔다. 방을 바라보고 있던 노파가 고개를 끄덕거리며 마당을 바로 질러 대문께 가서 열린 채로 있는 대문을 반나마 닫는다.

"노 동지 도대체 어찌된 일이오. 응 나는 올 줄은 알았는데 이렇게 빨리."

"저도 빨리 오려고 했는데 일이 있어서……. 저 이제 안 갈 거예요. 이미 여맹은 제가 있을 데가 못되고 여기서 살 거예요."

말도 몸도 달라져 있었다. 그때의 시골 사투리 아닌 표준어가 물흐르듯 쏟아져 나왔다.

"아니 안 간다니 무슨……."

"싫어요. 나중에 이야기 해요."

먼저 금백이가 몸을 부려오자 그것을 기다렸다는 듯 받아 안고 방바닥으로 쓰러뜨렸다. 금백이가 서둘러 일어나 저고리를 벗고 권웅이를 안았다. 으음, 으음. 권웅의 입에서 신음이 새어 나왔다. 두 몸이 합쳐지고 또 울음소리 같은 흐느낌이 새어 나왔다. 어느 모로 보나 누가 보나 번듯한 외모의 처녀는 그 근방에서는 보기 드문 미인. 그 몸매나 입성이 또한 사람들 눈길을 끌었다. 말이 끊어지고 짐승들이 배고픔에 시달렸다가 먹이를 만났을 때 으르렁거림 같은 소리가 뒤를 잇고,

"그려, 그럴 것이구만. 오랜만에 만났응개 뿌리를 뽑아야제. 암……."

노파가 방쪽을 힐끗거리며 혼자 중얼거린다.

"금백이, 금백이 인자 암 데도 가지 말고 여기 있으라구."

그 목소리가 숨에 차 헐떡이고 있었다.

"으음 음, 아저씨 나 이렇게 좋을지는 몰랐어요. 네 아저씨 나 좋아요. 그런디 나는 틀렸어요. 인자."

"뭐? 뭐가 틀렸다는 거야. 가만 있어. 그대로 가만이 있으라고 내가 할 말이 따로 있으니까. 으응."

그것은 울음이지 말이 아니고 어떤 행동의 암시였다. 뜨겁게 달

아오른 방안이 금세 타오를 것 같이 열기를 내뿜고 있었다. 이제는 시골처녀. 병원선에서 금방 내린 성병환자는 아니고 벌써 정신적 해각이 끝난 새로운 한 마리 순록이었다. 이제 누구의 손도 거치지 않는 무구의 몸으로 재생돼 권 중위 품에서 요동치고 있는 여인 노금백이였다. 두 몸은 한 덩어리가 돼 꿈틀거리고 있었다. 날이 저물고 있는데도 그 방안만큼은 시간이 정지되고 있었다.

권웅은 지금 저 멀리 3년 전의 남방 코레히돌의 어느 가건물의 위안부 수용소를 떠올리며 힘줘 안고 있는 여체를 애무하고 있다.

"참, 해가 넘어 가느만 여태까지 뭣 헌댜?"

노파가 해가 기우는데도 기척이 없는 방안을 바라보며 불퉁거렸다.

부대에서는 파견대장이 어찌 영내 거주할 수 있느냐고 특전을 베풀어 영외 거주를 마련해 준 것이 이 초옥이고 지금 금백이와 권웅이가 태운 불로 불길에 휩싸이게 생겼다.

"참, 벨 일이네. 해 넘어가느만 어쩔라고 저로고 있이까 잉. 그렇게도 조까 히히히."

노파가 또 중얼거리면서도 저도 우스운지 그 웃음꼬리가 길다. 그리고 손을 들어 코를 감싸쥐고 팽하니 풀어서 앞치마에 닦는다. 날이 저물고 그 초가에 전깃불이 들어오고도 뜨거움은 사라지지 않고 내내 감돌고 있었다. 밤이 가고 맞은 새벽, 지난밤도 그 초옥은 켜진 불빛보다 뜨거운 열기가 내내 꺼지지 않고 새벽을 맞았다.

"나 인자 여맹으로는 안 돌아가고 여기 딴 데로 가서 싸울 거예요. 아무리 생각해도 여맹 같은 껍데기 조직에는 제가 할 일이 없을 것 같아요."

"아니 딴 데로 간다니 무슨 말이오. 노 동지."

짧게 깎아 퍼머넨트를 한 금백이의 머리가 보기 좋았고 그 선을 따라 내려가는 어깨 밑의 뭉실한 젖무덤에 손을 대고 있는 권웅은 그 손을 거두지 않은 채 그 허리를 다시 안으며 하는 소리.

"나도 귀가 있어 들은 게 있고 보는 데가 있는데 이대로 미국놈들한테 맡겨 둬서는 죽도 밥도 안 되게 생겼어요. 다시 쪽발이 때와 같이 양놈판이 될 것이 뻔한데 그걸 눈뜨고 보고만 있으란 말이예요? 벌써 제주도 보재기들은 거기까지 넘나드는 양놈들 나가라고 시위를 하며 소리를 지르는데 말이예요. 그놈들 부대에 불을 싸지르든지 않고 이 내륙은 도대체 뭐하는 건지 국군이란 것이 있다지만 그것들 개 역할밖에 못하고 애먼 사람들 좌익으로 끌고 가도 말도 못하고 그냥 보고만 있어야 해요? 그 앞날이 뻔해요. 제주도가 굉장하대요. 보재기들이 앞장서 일을 꾸미고 있고 벌써 그 희생자도 나왔다는데 그냥 있을 수 있어요?"

"나도 소식을 통해 알고 있지만 이대로는 어디선가 터지고 말 것이 분명합니다. 그래서 나는 이미 마음을 굳혔습니다."

"······."

듣고 있는 권웅의 표정이 어두워진다.

"그래서 저는 돌아가는 대로 장계를 떠나 갈 곳을 정하겠어요. 거기가 어디가 될지는 나도 모르지만 유장하게 날아가는 화살이 아니라 새빨간 불덩어리가 돼서 날아가겠어요. 야산대 아시죠? 지금 한창 세를 불리고 있는 그 야산대가 아무래도 저의 종착지가 돼야 할 것 같네요."

"야산대라 야산대. 나도 알지. 그 야산대가 노 동지의 정착지가 돼야 한다는 거야. 간다면 다른 길을 순서를 밟아서 가야지 덮어 놓고······."

"네······. 제 딴에도 구상한바 있고······. 저는 그 시뻘건 총알이 돼서 적의 심장을 쑤셔야지 노래나 부르고 구호나 외치는 단체 생활에는 적성이 맞지 않을 것 같아요. 아저씨 아니 권 중위님. 이런 나를 이해하고 놓아 주십시오. 저도 권 중위님 품에서 지내고 싶지만 두 가지 이유가 그것을 가로막네요."

"무슨 뚱딴지 같은……. 내 곁에서 움직이면 그것이 싸움이고 새날이 설계될 텐데 이유가 뭐요?"

"그것을 몰라서 물으세요? 아저씨는 지금 여자가 필요하고 가정이 있어야 하고 공주의 부모님께 관심둬야 할 처지. 물론 불같이 급한 국방의 의무가 있지만, 그건 그것대로 가치가 있지만 가정도 소중합니다. 나는 그것을 알기 때문에 오면서도 걱정이 많았어요. 저는 권 중위님이 바라시는 그런 여자는 못되고 오직 총알이 되어 나를, 아니 이 조선을 병들게 한 일본에 복수하는 산 귀신이 되는 것이 그 이유입니다. 빙빙 돌려서 이야기 않겠어요. 저를 제 가슴과 몸을 던져 권 중위님을 안지 못하게 병신을 만들고, 위안부라는 낙인을 찍은 쪽발이는 박살내고 죽고 싶을 뿐입니다. 제 몸은 다 망가져 임신도 못합니다. 너무 기대 마세요. 저에게 그런 기대를 가졌었다면 이 순간부터라도 단념하시고 저를 놓아 주세요. 빨리 건강하고 아름다운 다른 짝을 찾으세요. 그것만이 어떤 의미에서 저에 대한 위로의 길이기도 합니다."

이어지는 금백이 울음은 그치지 않고 권 중위의 가슴을 저며 들었다.

"다 좋은 말이오. 누가 생각해도 위안부를 거친 여자가 정상적인 분만이 가능하겠소."

"그래서 여기를 떠나면 장계를 거치지 않고 광주로 가려고 마음 먹었지요. 제게는 늘 조경순 언니가 있고 그 언니는 좀더 틀이 큰 전국적인 싸움의 길을 알고 있고 거기를 찾을 생각이었어요. 제가 말한 야산대는 광주를 중심한 조직이 있다는 이야기도 들어서 알고 있어 그쪽으로 마음이 갑니다."

그 아침 어설픈 아침상을 가운데 한 두 사람은 서로 면구스럽게 상대를 바라보며 수저를 들 수밖에 없었다. 옷을 차려 입고 떠날 때에의 금백이는 누구보다 양가규수답게 차려 입어 누가 저 여자에게서 위안부의 그늘을 엿볼 수 있을까 할 정도로 정숙한 몸매와 차림새였다. 광주까지 차편이 없어 군용차 적재함에 편승해 떠난 금백이를 그저 망연히 송별하는 권웅이가 웃으며 손을 흔드는 그 눈에 빛나는 것이 어찌 없을까.

야산대野山隊

    1945년 8월 15일 현재 남한에는 야산대라 명칭하는 조직은 없었으나 그와 유사한 집단이 산발적으로 지리산에 은거한다는 정보를 일본 경찰은 갖고 있었으나 신경 쓰지 않았다. 워낙 미미한 숫자고 그들이 끼치는 해악도 별로 없고 영향이 없어서 묵살해온 터였다.
    글자 그대로 들과 산에 숨어 다니는 무리를 지칭한 건데 그러나 그들은 떳떳한 죄명으로 명예를 지키는 명분을 가지고 있었으니 거의가 치안 유지법 위반이라는 일제가 붙여준 족쇄를 안고 있었다. 거의가 일제시 해방전 독립운동을 하다가 쫓긴 몸으로 주로 지리산에 은거한 무리였다. 숫자는 많지 않으나 모두 고향에 상당한 연고가 있어 영향력이 있는 인물들이었다.

그 시기에는 좌익(공산당)이면 크게 위험시 하거나 죄익시 않고 일제에서 독립하려는 전민중의 한결같은 소망인 독립운동의 대명사쯤으로 이해돼, 오히려 어떤 의미에서는 명예로운 칭호쯤으로 인식돼 있었다. 그러니까 바꿔 말하면 독립운동의 선도자가 공산당이라는 그릇된 인식이 팽배해 있었다. 오죽해야 그 칭호를 받은 일부가 야산대라고 해도 과언이 아니었다. 바꿔 말하면 일제경찰의 지명수배를 받고 도피 중인 범법자도 야산대로 오인 받는 경우가 있었으니까.

지리산이 중심 거점이고 군소산악에도 있었으나 중심지는 역시 지리산. 해방이 가까워 올수록 그 숫자가 늘어나는 것은 당연했다. 그것이 세를 키워 해방됐을 때에는 좌익과 연계 할 수준으로까지 도달했으나 갈 데 없는 남로계, 해방이 되고 좌익이 양성화되고부터는 산이 거점이 아니라 도시에 빨치산이란 이름으로 공개 활동을 시작했다. 사실상 야산대 이름은 거기서 소멸되고 말았다. 그러나 그것이 조선전쟁을 거치면서 남조선 빨치산이 되고 그 모체가 저 유명한 여수 순천 14연대 반란 사건으로 지리산으로 입산한 국방군 제14연대 일부였다. 그게 야산대의 계보. 그것이 1947년에서 1948년 10월 사이에 준동했는데 여기서 금백이가 말한 야산대가 바로 이것이고 뿌리는 남로계 조직에서 파생했기 때문에 남로계나 다름없었다.

오히려 그 조직이 과격하고 경찰이 주적이었다. 그래서 군중의 호응도 미미했다. 그 야산대가 김지회(金智會)의 14연대 반란으로 지리산에 거점을 잡고부터 환란은 가중 됐던 것. 그 싸움이 조선전쟁까지 계속 됐던 것. 암튼 남조선 빨치산의 비조(鼻祖)는 이 야산대였다.

금백이가 그것을 선호한 데는 위와 같은 맥락을 알고 있었기 때문이었다.

금백이 전갈을 받은 조경순은 깜짝 놀랐다. 오랜만인 것은 물론이고 전화로 들리는 금백이 발음을 듣고 긴가민가했다. 자기 손에서 살아나 병원의 보조 일을 볼 때까지만 해도 어설픈 우리말이었는데

"언니 나요. 금백이 노금백이예요."

"뭐 누구라고? 노금백이."

마주 앉은 그때 그 병원의 휴게실. 권 중위와 작별하고 바로 트럭에서 내린 옷맵시가 그것부터가 놀라운 일. 상상할 수도 없는 고급천의 옷맵시에 그 표정. 광주 시내에서도 흔치 않을 행색의 처녀를 만났으니 조경순이도 눈이 커질 수밖에.

"언니. 알아요. 날치라고?"

"뭐 날치? 날치라면 난 잘 모르겠는데."

헤어진 지 여덟 달. 권웅의 전갈로 금백이가 고향에 가 있다고는 알고 있었는데 어떻게 갑자기 변해 눈앞에 나타났으니 눈이 커질 것은 당연했고 두 번, 세 번 훑어보고 그런 끝에 말이 길어지고 이런저런 이야기나 주고받은 교육내용 등을 소개하다가 그 말 끝에 나온 것이 날치라는 말.

"야, 금백이 너 변해도 너무 변했다. 십 년이면 강산도 변한다고 했는데 너와 나는 10년도 못되고 겨우 팔 개월, 놀랍다. 그래 그 날치는 무슨 뜻이냐?"

"날아 가는 새나 꿩 같은 것을 쏘는 것을 날치라고 하는데 나 날치 명사수야. 언니, 그기 벌써 옛날이야. 날아가는 새나 비둘기 꿩을 쏘아 떨어뜨리는 것. 그것인데 나 그 명사수야 알겠어요. 그것뿐인 줄 아세요? 저 모르스 신호 안 보고도 칠 수 있어요."

"뭐 모르스 신호까지, 햐 정말 상전이 벽해가 되고 벽해가 상전이 됐구나. 금백이 너 어디 가지 말고 내 곁에 꼭 붙어 있어야겠다. 할 일이 많다."

그 조경순이 도립병원 외과 수간호사로 나이 스물네 살에 간호부장으로까지 올라 탄탄대로를 걷고 있었다. 당에서도 신망받는 요긴한 인력. 시간이 모자랄 정도로 분주한 처지. 당 생활도 근실했고 불법화된 남로당 세력은 전부 지하로 잠복했으니 조경순도 그럴 수밖에. 그는 병원내 세포책이기 이전에 애인인 김지회 중위와의 사적관계 때문에도 무척 신경을 쓰는 사생활이었다. 역시 군내에 남로계 핵심인물인 김지회와는 일심동체. 마산 15연대에서 여수 14연대로 전속 온 애인 김지회는 병기 관리를 맡고 있어 남로계에서는 둘도 없는 핵심인물로 중용되고 있었고 또 그 충성도도 인정받고 있는데 그것 때문에 심복이 많고 그러기 때문에도 미CIA의 주목을 받고 있었다.

그야말로 살얼음판을 걷고 있대도 과언이 아니고 그의 당내 상급자가 박정X인 것이 또 공교로웠다. 일군 출신인 박정X와도 출신이 같으니 그처럼 일제 충성파는 아니었던 김지회는 그런 이중

삼중의 변절위장을 밥먹 듯한 회색분자에게는 준엄한 심판을 내리고 있었다. 물론 일제에 같이 충성했지만 박정X처럼 광복군 너울까지 쓰고 위장은 안 했다는 자부심이 알뜰했다. 그런 자가 겉으로 상관이고 당의 상급자니 어찌 되겠는가. 불만이 많았다. 이번 인사로 육본 내 좌익의 영향이 있다고 자인하는 이유가 이미 육본도 남로계(친 박정X계)의 독점이 되었고 같은 좌익이라도 자기처럼 철저한 반외세 민족자주파는 경원시 당하고 있다는 것을 알고 있기 때문에 토를 달고 있었다.

14연대 2대대라면 낯선 부대지만 어딘지 친근감이 들고 그를 15연대에서부터 보좌해온 지창수 상사가 있는데 우선 안심되었다. 지창수로 일군 지원병 출신이나 일찍이 당원이 돼 남로계의 요긴한 인물이었다. 그가 있어서 더 고무됐다. 야산대도 그와 관계가 있었기에 관심을 갖게 됐다.

야산대. 언젠가는 큰 구실을 할 것이라는 기대도 갖고 있었다. 그가 야산대에 호감을 갖게 된 또 한 가지 계기가 있다면 후일 그와 손을 잡은 남한 출신 제주 빨치산 사령관 이덕구와, 북한의 지원을 받은 김달삼에 갖는 관심의 차이에서도 나타나 있다.

암튼 조선전쟁까지도 남한 빨치산사(史)에 큰 획을 그은 야산대도 남한 빨치산으로 흡수돼 역사의 뒤안길로 사라졌다. 그 야산대에 금백이가 들어간 것은 1948년 초봄. 전남 지구 야산대의 평범한 한 대원으로 숙원의 소총을 손에 들었다. 남한 전체는 반미 자주 기운이 고조되고 그것을 저지하려는 친미 친일 세력인 우익은 군정을 앞세워 잔인하게 그 기운을 탄압하고 나섰다.

전국이 가열돼 갔다. 1852년 신미양요 이후 조선침탈의 야욕을 불태워오던 미국은 그것이 1945년 전승으로 현실화 되자 그 실현에 혈안이 된 것이 포츠담 선언의 속임수였다. 신탁통치로 세계를 현혹시켰고 드디어 그것은 군정이란 속임수로 조선에 손을 댔다. 거기에 완강하게 반대한 것이 민중. 그 노도를 무엇으로 막아낼까. 그 대비책에 골몰한 시기가 1948년 이승만의 단정수립 전후의 혼란기. 그 시점이 조선 현대사에서 등장하는 야산대는 사라지고 장이 바뀌어 제주도 탄압이 불씨가 되어 전국이 반미자주의 횃줄로 뒤덮히고 말았다. 거기에 놀란 군정은 군대를 동원하여 그 진압에 나섰으나 그것은 섶을 짊어지고 불로 뛰어드는 위험한 자살극이었다. 노금백이가 총을 들고 야산대에 모습을 나타내는 시점이 조선국방 경비대 제14연대가 반란을 일으킨 시점이고 그 도화

선은 제주도. 그러나 야산대의 역사는 일단 거기서 사라시고 그 야산대가 그 반란 세력을 옹위하는 지원세력으로 등장하게 된 것도 역사의 순환논리였을까.

병원 입원실에서 깜박 잠이 든 금백이는 다급하게 부르는 언니 조경순의 목소리에 모포를 걷어찼다.
"야 기회가 왔다. 출동이다. 너 그 날치 솜씨 한번 뽐낼 기회가 왔다."
피곤이 사라지지 않는 금백이는 그대로 일어나 앉기는 했으나 아직도 비몽사몽.
"얼른 옷 챙겨 입어라 출동이다."
"뭔데 그래. 언니 나 아직도 다리가 뻐근한데?"
"너 김 중위 알지?"
"김 중위 언니 애인?……."
"응 그이가 반란을 일으켰다. 큰일이다. 니가 그 사람을 도와야겠다."
"돕다니 나는 군인이 아닌데?"
"그게 아니라 그 사람이 반란을 일으키고 지리산으로 들어갔다

니가 따라서 너도 한몫해야 한다는 이야기다. 너 총을 든 이유가 이런 때를 위한 거 아냐 맞지?"

역사(이승만의)는 그 사건을 여수 순천 반란 사건이라고 기록하고 모두 그렇게 부르기를 권장하고 굳어졌다. 그러나 그것은 천부당 만부당한 이야기. 어찌 조선반도의 일개 도시인 여수, 순천이 반란을 일으킨단 말인가. 지나가는 소도 웃을 일이다. 도시가 어떻게 반란을 일으켜? 사람들도 반신반의하고 세계가 눈을 홉떴다. 무슨 뚱딴지같은 소리냐고 그게 맞다. 그들이 그렇게 고집해 부른 것도 무리는 아니다. 정확하게 육군14연대의 반란이라고 통칭해야 맞는데도 여수 순천이 반란했다니 그것을 서글픈 이승만이나 미국이 꾸민 자구지책으로 자기들의 치부를 가리기 위한 술수. 자기들이 심혈을 기울여 통치하는 남한 땅의 군대가 반란을 일으켰다고 하면, 많은 빈축이나 비난이 쏟아져 들어 올 것이라 믿고 차라리 지명(도시 이름)을 갖다 붙인 것이 면피가 될 것 같아서였다.

14연대가 반란을 일으켰다고 하면 자기들 자신들의 낯짝에다 똥칠하는 격이니 그런 편법을 썼고 굳어져 여순 반란 사건이라고 기록된 것.

금백이는 사방을 두리번거리다 평소 누구의 허락도 없이 자기 필수품처럼 들고 다니던 카빈총을 거머쥐었다.

"글면 나 그리 가야 해?"

"그래 형부가 위험하니 니가 가서 호위라도 해야지. 물론 같은 대원의 호위도 받지만 믿을 수 없어. 이미 민간인이 많이 섞여 있어 혼합부대니 니가 가서 경호하는 것도 자연스럽지 안 그래?"

"응, 알았어."

"금백아, 이럴 때 니 덕 좀 보자. 잘하면 우리 남한 뻘치산의 여전사 노금백이가 될지 누가 아느냐. 응?"

"아이고 언니도 내 같은 것이 무슨 여전사 형부(김지회) 같은 훌륭한 영웅이 있으니 얼마나 든든해. 가지요. 가서 이승만 졸개 씨를 말릴 거요 언니."

"그래 맘껏 쏴라. 나도 이때를 기다렸다."

지리산으로 패주한 14연대 반란군은 예정했던 것처럼 지리산 천왕봉에 거점을 잡고 지구전을 준비했다.

교전은 간헐적이지만 그 파장은 가히 쓰나미 같아 세계를 경악시켰다. 더 더욱 군정이란 젖을 빨던 이유기(離乳期)의 이승만은 경풍을 일으킬 정도로 놀라 미국의 옷소매에 매달려 읍소하기 시작했다. 여기서 다시 상기시킬 일은 반란을 일으킨 14연대는 결코 목표가 북이 아니고 어디까지나 서울이고 친미 친일 사대세력의 제거였지 목표가 평양이 아니였다는 것을 분명 인식해야 하고 김지회 개인의 정치신조인 반외세(미국, 소련, 일본)였지 친북이 결코 아니었다.

김지회는 조경순의 소개로 알게 된 금백이를 만나 반갑게 웃음을 띠고 덥썩 끌어안을 듯 손을 잡고 환대했다.

"여걸이며 전사인 노 동지가 합류했으니 승리는 우리 것이오. 반갑소. 그런 고난을 이겨내고 총을 잡고 그 기세 높이 우러르겠습니다. 우선 동지들의 지시를 받아 행동하되 경우에 따라서는 내 호위도 맡아야 하니 그리 알고 결의를 다지시오. 저 사람은 정보 수집 때문에 우리와 같이 있을 수 없고 내려가 있어야 하니 중간 연락을 노 동지가 맡아 해야 할 상황이 닥칠지도 모르니 잘해 봅시다. 옷부터, 싫지만 국방군 것을 입으시오. 그것이 움직이기 편하고 여러모로 좋습니다. 속사의 명수라니 그 솜씨 한번 보이시오. 그 애들 특히 미국 것이면 씨를 말리시오. 그러나 아직 토벌군(추격군) 중에는 양심적인 세력이 있고 서로 싸우지만 많은 도움을 받고 있소. 존경하오."

그것은 사실이고 실탄(총알)이 절대 부족한 반란군은 음성적인 토벌군의 지원으로 교묘히 그 탄약 부족을 모면하고 있었다. 보기를 든다면 교전이 끝나면 씻은 듯 사라진 토벌군들이지만 사실은 쫓겨가는 그들은 쫓기면서(후퇴) 슬쩍슬쩍 실탄을 상자째 몇 개씩 모르고 흘린 것처럼 남기고 가, 반란군 측에서는 그것으로 기사회생한 일이 한두 번이 아니었다.

실증이 있었고 증거가 있었음.(필자)

그 무렵 조선반도 남단에서는 자고 세면 총성이 귀를 때리고 좌익 소탕의 총부리는 민중들을 위협하고 있었다. 아비규환이었다. 일단 지리산으로 후퇴한 반란군은 관군을 요격하는데 빈틈이 없고 그 패기 또한 만만찮았다. 어쩌면 3차 세계대전의 서곡이 아닐까 걱정하는 사람도 있었다. 그들은 공포의 눈으로 14연대를 주시하고 있었다. 10월이면 가을 초입, 조선의 명산 지리산에 가을이 왔으니 그 정취가 얼마나 화사하고 활기찰까? 만산홍엽이라 해도 그것은 빈말이 아니었다.

나뭇잎이 아직도 프르른데 그리 쉽게 자신들의 흔적을 내보일까? 그러니 하루가 다르게 서리가 다가오니 그 프르름도 붉어질 밖에 그 속에 은거하는 반란군은 우선 그 은은한 붉은색에 도취되어 그 색과 비슷한 자신들의 모습을 마음 놓고 내맡겼다. 어쩌면 입고 있는 군복 색깔과 단풍의 색깔이 같을 수도 있으니까. 그 절경이 양쪽에서 피워대는 몹쓸 포화에 산은 그을리고 오그라 들고 불타고 찢겨 볼품없는 산으로 변해갔다. 전쟁은 그렇게 인명뿐 아니라 자연도 가차 없이 망가뜨리고 지나갔다. 그뿐이 아니고 그 포화는 그 자체의 살기로 자연이 오갈이 들어 버리고 그들에게는 상처만 남긴 것이다.

다람쥐 같이 날쌔게 그 단풍 빛깔의 군복을 입고 단풍 사이를 누비는 반란군이 있는데 어떤 관군(추격군)이 그것을 알아채고 조준 사격을 하겠는가. 정말 천혜의 위장망이고 토치카고 참호였다. 반란군은 우선 그런 잇점에서 며칠은 버티나 서리 내리고 설한풍에 벗겨진 천혜의 위장망은 오래가지 못했다. 반란군이 쫓기는 것은 당연하고 조준 사격으로 쓰러뜨리니 줄어드는 반란군 숫자. 그래서 착안한 것이 야산대로 입대한 병력을 활용하는 게릴라전이었다.

무한정의 수성(守城)이 아니라 그 게릴라가 먼저 적군에 침투해 들어가 병력보충은 물론 반란군의 생명인 식량 보급 투쟁에 선수를 치자는 작전. 그게 적중해 관군이 당황했고 전세가 역전돼 빨치산으로 변신한 반란군은 주도권을 잡아 나갔다.

반란군 총사령관 김지회에게는 일금 50원의 현상금이 내걸리고 그의 제거에 총력을 경주하는 관군은 애매한 사람 목을 잘라 김지회 목이라고 내미는 사람이 많으니 그 처리에 골머리를 앓고 있었다. 여기도 김지회 목, 저기도 김지회 목이니 그 식별도 어려운 일이고 진짜 김지회 얼굴을 아는 사람이 그 감식을 맡아야 하는데 그 얼굴을 본 사람이 몇이나 될까.

김지회는 그렇게 관군(미제)의 표적이 돼 위급한 상황에 놓여 있었다. 그때 현상금 50원이면 현재 가치 3천만 원 정도! 그러니 그 돈에 욕심이 나 엉뚱한 사람 목을 잘라 김지회 것이라고 내미는 정도니 실지로 얼마나 그의 목숨을 노리는 무리가 많겠는가. 그러니 경호가 강화되지 않겠는가. 김지회는 일개 중위지만 이제는 세계가 괄목하는 당당한 반란군 총사령관이니 그 위상이 국방군 일개 연대장이 아니라 군 사령관에 필적하는 거물로 부상하고 말았다.

그러니 빨치산 안에서도 경호가 강화되고 행동도 많이 규제받았다. 경호도 한두 사람이 아니었다. 요소마다 배치되는 그 인원의 출신 성분도 반드시 반란군 출신이 맡기로 했으나 때로 야산대 출신들이 차출되기도 했다. 그러니 누구네 누구네 해도 김지회 신변을 제일 염려하는 사람은 조경순. 백마의 명기수였다. 물론 그녀가 제일 가까운 경호원이며 비서였다.

야산대가 등장하니 14연대 반란을 맞아 지하화 했던 세력이 양성화 돼 한숨 돌린 반란군이었다. 그들이 이른바 조선빨치산 내 구빨치산으로 기록된 것도 그런 맥락이 있었기 때문이다. 그리고 그들은 조선전쟁까지 당당한 남한빨치산으로 발자취를 남기고 전쟁 중에 인민군에 편입되기도 했으나, 그 근간은 그대로 남아 남부군의 뿌리가 됐고 전쟁이 끝나고 인민군이 패주 입산하여 세를 묶어 이른바 남한 출신 구빨치산과 주도권 다툼을 했고, 급기야 남북으로 양단돼 빨치산 최고 사령관 이현상을 제거하는 등 위기를 맞았으나, 수의 열세를 면치 못하고 먼저 궤멸하는 비운을 겪은 것.

전쟁 후 형성된 신빨지산(인민군 근간)이 일시 이현상을 제거 해 남한 빨치산을 장악으나 토착 공산주의자의 저력에 밀려 패퇴하고 사실상 남북 빨치산이 동시에 궤멸하고 최후의 빨치산 정순덕이 이름을 남겼던 것. 거기서 남한 빨치산은 막을 내리고 그 뒤에도 정순덕을 능가하는 인물이 활동한 사실은 실화로 있다. (필자주)

보기를 든다면 1952년 북한계는 이현상을 제거할 목적으로 모의해 그것이 성공해 이현상을 일단 평당원으로 강등시켜 추방했는데 그것도 모자라 정체불명의 매복조를 시켜 몸이 벌집이 돼 죽었는데 그 매복조가 누구였는지 그 시체가 어디에 묻혔는지 아직까지 밝혀지지 않는 수수께끼다. 그런데 놀랍게도 평양대성산에 그의 묘가 있는 것은 또 세기의 의문이 아닐 수 없다.

전남 고흥에서 평양 대성산이라면 수천 킬로, 그때 그 전쟁 속에서 누가 그 시신을 거기까지 운구했을까? 그게 쉬울 일이었을까, 더구나 그는 북에서 기피 인물이었는데. 대성산에는 또 신기하게도 북에서 그렇게 기피하던 김구의 묘가 어째서 거기 있는가?

그 후 들리는 말로는 전쟁 중 지리산 빨치산 총사령관으로 있을 때 지리산에서 만난 현지처에서 낳은 이 현상의 딸이 장성하였을 때 평양에서 데려다 키웠는데 그 딸이 증언한 바에 의하면 그 묘는 가묘라고 지적했다는 말을 들은 바 있다. (필자주)

그러면 북의 그 속셈은 뭘까. 한때는 제거하기 위해 친북계 빨치산 도당위원장 방준표, 박영발을 시켜 제거한 그것도 모자라 매복조로 하여금 벌집을 만든 것은 어떤 일인가, 선하심인가 후하심인가 알 수 없는 북의 저의다. (필자주)

조선 빨치산은 그런 운명을 겪고 역사의 뒤안길로 사라졌다. 14연대 반란의 주도 세력은 조선전쟁 휴전으로 지리멸렬 됐지만 지금도 민간인 안에 그 그림자들이 살아 흐느끼고 있다. 필자는 알고 있다. 남조선빨치산의 마지막 실화가 있다.

그런 간고한 투쟁은 14연대 반란군 몫이고 그들은 토포의 손이 좁혀오자 차츰 남조선 내륙지방으로 밀리고 전북 임실 지방까지 보급 투쟁을 나간 기록이 있다. 풍전등화였다. 반란군의 결정적 패인은 보급식량과 실탄 부족이었다. 절체절명이었다.

금백이가 이런 사정의 지리산에서 조경순의 부탁으로 김지회 경호원이 되기는 했으나 한 군데서 갇혀 있다시피 된 경호원에 만족할 수 없고 야생마처럼 갈기 세우고 허공을 긁으면서 포효해야 직성이 풀리는데 그간 몇 개월 또 사이가 떴던 권웅과는 인편 혹은 쉽지 않으나 장거리 전화로 안부를 묻던 사이지만 감질만 날 뿐이었다. 그간 이동이 있어 권 중위는 대위가 됐고 제주 19년 대에 전속되어 직접 그 비극의 현장에서 몸을 불태워야 했다.

"노 동지! 이 편지 인편은 안심할 수 있으니까 좌우간에 태도를 결정하시오. 제주, 말로만 듣던 제주는 지금 지옥이오. 사람들이 죽어가고 있소."

나 긴말 않겠소. 나도 마음을 정했소. 나도 산으로 가겠소. 지금 제주는 노 동지 같은 여전사가 필요하오. 긴말 않겠소. 와서 보시오. 나, 이제는 노 동지를 앞장 선 특별 전사가 될 자신이 있소. 빨리 오시오. 와서 나와 같이 싸웁시다.

기꺼이 김 중위의 부하가 되겠소. 그는 밝은 눈을 가지고 있소. 나는 거기다 대면 청맹과니였소."

지리산 속 비로봉 밑 토굴 속에서 편지를 받은 금백이는 우선 그 인편이 군인인 데 놀라 버렸다.

"걱정 마십시오. 반란군 안에는 나와 같은 박쥐가 많습니다. 그러니 안심하십시오. 권 대위님도 결정하셨습니다. 그것만은 자신합니다."

'그렇다면 그이도? 순간 금백이 표정에는 긴장이 스쳐갔다. 아니다 섣불리 결정하거나 믿을 문제가 아니다. 살피자.'

그런 나이에 야산대를 거쳐 여전사로 성장한 금백이, 더구나 혁명군 사령관의 목숨을 담보하는 중책을 맡고 있는 몸으로 어찌 신경세포가 느슨하겠는가.

그런 눈치를 거니챈 것 같은 그 편지 인편은 비그시 웃으며 사진 한 장을 내보였다.

자기 신병을 다 바쳐 호위하는 사령관 김지회와 나란히 선 두 사람 중 한 사람이 권웅 아닌가. 한 사람은 잘 모르나 지창수라는 김지회의 일급 참모로 혁명군 기획부장, 14연대의 인사계 선임하사였던 사람.

"이분은 잘 모르실 것이고 지창수 대장입니다. 역시 일군 출신이고 지금 기획부를 맡고 있습니다."

(아……. 그랬구나. 내가……. 이미 김지회와 그 정도 내통돼 있었던 사이를 간파 못했구나. 내가 눈치 없이.)

새삼스러워졌다. 그런 권웅의 속셈이.

(그렇게까지 속을 감춰 뒀었나? 나를 그렇게 못 믿어 뭐했나? 간이라도 빼 먹일 것 같이 나를 찍어 누를 때는 언제고…….)

야속한 생각에 제 풀에 얼굴이 붉어진 금백이 얼굴은 혼자 보기 아까웠다.

아까 자기가 혁명군이라고 자신을 소개한 사람이 그런 금백이를 보고 조용히 웃고 돌아섰다. 그럴수록 사령관 김지회에 대한 세계의 눈은 더 날카로워지고 있었다.

조선반도 북반부 황해도의 지주 아들로 태어나 일본 고베 병기학교를 나와 비록 일군 출신이라고 손가락질받았으니 일찍이 월남하여 김성주를 거부하고 군에 투신하기는 했으나 민족을 아는 양심적 장교라는 호평은 받고 있었다. 그래서도 남로계의 시선을 끌었고 스스럼없이 담담하게 충실히 당의 지령에 움직이고 있던 몸.

 야전병원이 있으니 수속이 번거로워 전라남도 광주 도립병원에 와 가벼운 신병치료로 들른 것이 계기가 돼 알게 된 조경순. 승마의 명수는 첫눈에 김지회가 좋아 뜨거워진 두 사이. 그리고 시간이 지나고 1948년 10월 18일까지의 두 사람 행보는 결코 순탄하다고는 할 수 없었으나 나름대로 보람은 있는 나날들이었다. 우선 두 사람은 조국관에 공명했고 외세에 흥분하여 대책에 골몰했고 결국 귀착점은 반외세 민족 자주였다. 이미 그때 조경순은 비밀당원이었고 김지회 자신도 수차례 묵시적으로 당명을 수행한 일이 있어 아전인수격으로 당에서는 단원 취급을 하고 있었으니 두 사람은 스스럼없이 당과 호흡이 맞았다. 누가 끌고 끌리는 승강이가 생략될 뿐이었다. 그러나 두 사람이 각기 다르게 움직이기 때문에 속되게 말한다면 염불도 각각이었다. 자기가 수행한 과업을 굳이 상대(애인)에게 밝히지 않고 있는 것이 부자연스러웠다.

권웅은 그러나 한 가지 고집도 있었다. 반외세는 철저해 남한이 반미를 해서 북에 모범을 보여 거기서도 어정쩡하게 꼬리 끄는 친소 기운의 개부심을 유발케 해야 하는 게 신념이었다. 이쪽이 반미라면 저쪽도 반소가 돼야 한다는 그래서도 그는 당내에서도 항산 그것에 괘념하고 있었는데 일부 동지들의 인식부족 때문에 고민도 했다. 반북이 아니라 북을 의식 말고 의타 말자. 결국 그것이 종국에 가서는 공멸이 된다는 계산은 완강했다. 그래서도 반란 중에도 또 전투 중에도 북에 대한 어떤 기대 같은 건 생각조차 할 수 없고 그런 의식을 자기주의부터 갖게 한 것이다.

그래서 조경순에게도 부담을 느꼈고 나중에 알게 된 금백이의 친북성에도 경종을 울린 바 있었다. 그는 어쩌면 결백증 같은 것이 있기에 반란 전에 알게 된 김달삼(제주 빨치산 총사령관)에게도 크게 관심을 안 보였고 제주 출신이지만 친북 성향 없는 제주 빨치산 부사령관인 이덕구에 오히려 더 호감을 느끼고 있을 정도였다. 그러니까 혁명(반란) 과정에서도 당은 당이고 북은 북으로 각각이라는 별스런 이론을 펴고 있어 주위를 놀라게 하기도 했다. 그 생각의 연장선상에는 철저한 반외세가 있을 뿐이었다. 그래서 외골수라는 험담을 듣기도 했으나 오히려 그의 부하에게는 호평을 받기도 했다.

좌익이 석권한 육본에서 권웅이 문제가 화두(話頭)에 오르기 전 제주 19연대로 전속된 권웅이는 그때 이미 모반하기로 작심하고 사태를 관망하며 금백이의 처리를 걱정하고 있었다. 그런데 금백이는 이미 그 조직의 성원이 됐으며 그 과정에 곡절이 많았었다.

자기가 옷소매 부여잡고 말린대도 뿌리치고 당에 정식 입당할 정도로 북에 경도돼 있는데 말린다는 것은 부질없는 짓이라는 것을 잘 아는 권웅은 그래도 두말하지 않고 바로 쪽지를 보냈다. 이미 그렇게 마음을 정하고 쪽지까지 보내고 나니 마음이 한결 홀가분했다.

그는 이미 어떤 형태로든지 자력으로 반외세 자주 깃발을 들어 보겠다는 긍지를 보듬고 있었으나 그 기회를 노리는데 구실(이유)을 찾는 중.

심지어 그는 정국 혼란에 염증을 느끼고 있었으며 특히 몽양 여운형이 암살당한 것을 오히려 박수를 치며 그 배후인 좌익을 두둔도 했고 그는 여운형을 심지어 팔방미인이라고 비하하여 그의 친미 성향을 성토한 바도 있었다. 그러니 그것 하나만 봐도 그의 정치 성향을 엿볼 수 있을 것이었다.

산은 시간이 갈수록 긴장이 도를 더해가고 김지회 암살단이 입산했네……. 그가 행불이 됐네! 하는 데마가 나돌았다. 더하여 사면이 적이니 활동공간도 좁아지고 보급선이 줄어들어 그 확장이 시급하고 퇴로 확보가 우선이었다.

금백이가 제주도에 파견 나가 있는 권응의 불같은 편지를 받고도 거기 호응 못한 것도 두 가지 이유 때문이었다. 피아의 교전은 비록 소강상태나, 토벌군은 후견인 미국의 압박 이승만 정권의 삿대질로 진퇴양난이 돼 울며 겨자 먹기로 토벌이라는 이름으로 산을 향해 헛총질이나 해야 하고 만만한 민간인 빨치산의 목을 김지회 목이라고 토벌대 본부로 갖고 들어오는 일이 벌어지니 뛰다 죽을 일이었다. 땅을 치고 통곡할 일. 그 모가지를 경무대로 가지고 가 씻김굿을 해야 할 일이었다. 아까 이야기한 대로 일선 산병선 졸병들 안에는 아직도 통비 분자(빨치산과 내통하고 있는 세력)가 있어 많은 혜택을 얻고 있었다. 처음 추격대가 진입할 때는 기세등등했으나 작전이 계속될수록 작전 구역이 넓어지고 빨치산은 불어나고(야산대의 기세로) 앞서는 게 공포고 그러니 거꾸로 추격군이 빨치산한테 투항하는 사례까지 생겼다. 출동과 출격, 돌격과 발사라는 말이 전쟁 용어가 아니고 일반 민간인들의 농담이나 대화에까지 인용되고 도무지 전쟁 분위기를 느낄 수 없었다. 북쪽에서 들리는 소식은 한 번쯤 걷던 걸음을 멈추게 할 긴장감을 안고 있었다.

"씨발, 터질라면 터지라지. 이대로는 숨이 막혀 못 사니 숨구멍이라도 터져야 하지. 북쪽 애들 인민군. 전쟁준비 다 끝났다면서."

공포 분위기는 반공이 아니라 용공 쪽으로 흐르고 있었다. 어딘지 국방 경비대를 조롱하는 듯한 흐름이 역력했다.

"지리산이 빨치산 소굴이라 누가 접근도 못 한다. 인자 지리산 약초 캐기는 틀렸다. 전쟁 터지면 모를까 안 그래?"

장삼이사간 모두 주고 받은 말은 다분히 비아냥조 그들은 남북이 터질려면 빨리 터지라고 바라는 눈치.

"김지회 모가지가 수십 개란디 전부 가짜. 어느 것이 진짠지 모른댜. 현상금 보고 엉뚱한 놈 모가지 베어다가 이것이 김지회 모가지요 하니 어쩌겠소. 잉."

사실 김지회도 행방이 묘연하고 생사가 불명한데 김지회 수급이 쌓이게 되니 어찌 되겠는가.

수급(首級)이 수십 개 쌓이고 썩은 냄새는 나고 김지회는 그렇게 얼굴이 알려진 인물이 아니고 평범한 병기 장교로 미인 애인을 가진 행운아 정도 입줄에 오르내렸지만 반란사건으로 일약 세계적 인물로 부상해 세계 매스컴의 초점이 됐던 것.

그런 상황에서 시간은 지체 없이 흐르지만 공수 양쪽에는 긴장감만 더해줬다. 양쪽 다 명분이 있지만 크게 다른 것은 한쪽은 의(義)요 한쪽은 불의(不義)로 규정돼 있는 것이 안타까운 일이었다. 반란군은 의를 자임하고 토벌군은 또 자신들이 정의라고 자임한 데서 모순이 생기나 판정은 그 싸움을 보는 관중(민중)이 몫일 거라 양쪽은 선뜻 판정을 못 내리고 거기에 집착하고 있었다.

그러나 그 채배(采配 승패를 가리는 부채)의 행배는 언제나 민중의 몫이라 양쪽은 거기에 신경을 쓰고 있었다. 산도 마찬가지여서 추격을 받더라도 그 명분에 충실하려고 노력했다. 그래서 김지회는 자신의 동작에도 신중을 기하고 작전 지휘에도 가급적 자신은 이선에서 독찰하고 여론의 향배에 관심됐다. 지난 싸움에도 권웅이가 지휘했고 오늘 싸움에도 권웅을 앞에 세울 계획에 골몰하고 있었다. 그것은 첫째 부하들의 기우를 덜기 위한 고육지계. 아직도 여유가 있어 사령관이 나서지 않는구나 하는 안도감을 주기 위해서였다.

"권 대장님! 그렇게 입고 보니 달리 보이네요. 나는 1945년 11월에야 시모노세끼에 들어와 사세호에 있다가 조선에 들어왔는데 그때 그 항구에 세계각국에서 돌아온 일군 패잔병을 보았는데 그때 그들 모습과 지금 권 대장님 모습이 같네요."

"하하. 그렇습니까. 나도 여수에서 그런 그들을 보기는 했어도 자세히 보지 못했소."

"크게 결심하셨으니 대한민국 국방군 표지를 다 떼어내고……. 수고하셨어요. 거기다 이제 우리 혁명군의 표시인 이 붉은 천만 팔에 두르면 됩니다."

"패잔병 정말 꼴불견입니다. 그러나 지금의 권 대장님은 패잔병이 아니고 출전을 앞둔 용사의 모습입니다. 혁명군, 얼마나 어감이 좋습니까. 아 참 나 무슨 이야기 하려다 딴대로 이야기가 흘렀는데, 나 그때 일본서 늦게 돌아온 이유가 있었어요. 중국을 다녀오느라 늦었었지요. 연안으로 가 거기서 틈을 내 남경에 들렀지요. 호기심도 있고 후일을 위해서 할 일이 있어서였지요. 일본의 남경학살 아시죠? 일본국내에 있었던 우리는 처음 듣는 말이고 소위 내지에 있었기 때문에 종전이 되고서야 안 사실로 신선한 충격이었어요. 중국인 60만 명을 학살한 남경대학살을 확인하기 위해서였죠. 권 대장님 어찌 생각합니까? 그것이 쪽발이의 진면목이었어요. 긴말 않겠습니다. 노금백 동지 앞에서 이런 말 할 것도 없습니다만 나는 그것을 보고 인류의 원수는 쪽발이란 심중을 굳혔지요. 노 동지 심정 알만 합니다. 그런 의미에서 앞으로 권 대장님이나 노 동지 활약이 기대됩니다. 지난번의 전투에서도 대단한 전과를 남기셨는데 다음이 또 기대됩니다."

그 자리에는 아무런 표지도 없는 군복을 입은 권웅과 노금백이 언젠가 권웅과 동석했던 도 상사와 조경순이가 있었고 또 사령관 김지회에 장소는 비좁은 토굴 안.

"이 비트(비밀아지트)도 노출됐을 염려가 있으니 사주 경계를 철저히 하고 경호인원도 노출시키지 마오."

김지회가 불쑥 내뱉는 말, 그의 용모도 덥석부리, 갈데없는 거지 행색이나 눈이 그를 사령관임을 알리고 있었다. 산에 이발기구 특히 면도가 있을 리 없고 있대야 수염 깎을 녹슨 가위뿐이니……. 그것으로 싹뚝싹뚝 잘려나갈 수염과 머리 털, 그러니 그 꼴이 무엇이 되겠는가.

노금백이야 간편하게 군복을 입고 있으니 그렇다지만 남자는 모두 거지 행색. 시각은 초저녁 토굴 안에서 어설픈 저녁을 때웠는지 된장 냄새가 아직도 감돌고 있었다.

"이럴 때 특히 초저녁을 조심해야 하오."

김지회가 경호원에게 이르는 말이었다.

"그런데 문제는 다음으로 적은 쉴새없이 자객을 침투시켜 나를 노리는데 그 전에 적의 허점을 한 번쯤은 쑤셔야 될 것 같소, 나를 노리는 그 눈을 딴 데로 돌리기 위해서라도 필요한 공격이오. 공격이 최선의 방어란 말이 근거가 있는 말이오. 그런데 그것을 위해 권 대장이 한번 수고를 해야 될 것 같소. 이제는 내가 자유의 몸이 못 되니 권 대장이 내 대리로 지휘해 주시고 나 유고 시는 두말없이 권 대장이 지휘봉을 잡으시오. 이것은 민중의 명령이오."

"……."

잠시 자리가 숙연해졌다.

"말씀 계속하시지요. 김 대장님. 그게 그런 고충이 있다면 기꺼이 따르겠습니다."

"시일이 정해진 건 아니고 적의 동향이 그것을 예고하고 있어

이쪽도 대응하자는 거요. 적은 군이 아니라 빨치산 토벌 전문인 전투경찰이고 약 2대대가 토벌을 준비 중이란 정봅니다."

"그러면 사태는 유동적이고 바꿔 말하면 적은 이쪽의 선제를 기다리고 있다는 이야기 아닙니까?"

"음, 정곡을 찔렀소. 역시 권 대장이오. 적은 한 수 더 나아가 우리의 동향을 주시하고 있다는 이야기군요. 말하자면 요격하겠다 - 우리의 사정을 꿰뚫고 있다. - 너희들이 먹을 것 찾아 나서면 그날이 너희들의 제삿날이다.- 이거 아니요?"

"그러면 그렇게 그들의 기대(계획대로)대로 우리가 한번 넌지시 그들이 띄운 배를 어물쩍 타봅시다."

"아니 권 대장님도 그쪽 전력이 어떤지도 모르고 덮어 놓고 ……. 경찰 2개 대대래요. 전투경찰 2개 대대라면……."

"응 그래? 강적인데……. 그러나 그렇다고 미리 꼬리 내릴 것은 없잖아. 한번 붙어 보는 거지 뭐."

"네, 그건 당연하지만 대비책이 없어서 될까요?

도 상사의 걱정이었다.

"응, 거 좋은 조언이오. 도 상사도 그럼 권 대장을 보좌해서 한번 본때를 보여 봐."

"네 알겠습니다. 사령관님, 쟁기 짊어지고 어디로 가겠습니까. 마음 놓으십시오."

도 상사가 머리를 숙여 좁은 굴 안을 빠져나가려고 머리를 숙인 순간 바로 그때 동굴 앞에서 '쾅'하는 총성이 울렸다.

"적습이오. 불을 끕니다."

촛불이 반 나마 가물거리던 그것이 금방 꺼지고 조용해졌다.

"야. 발 밑의 돌을 들어올려. 차례로 내려 가자구."

"여기까지 냄새를 맡았구나. 옆 동굴로 빨리 옮기자."

김지회가 권총 탄띠를 거머쥐며 일어나 발밑의 구멍을 통해 그 옆 제법 큰 토굴로 옮겼다.

타탕. 또 두 발 연이은 총성이 일고 밖에 사람 발자국 소리가 연이어 크게 들리다 이내 조용해졌다.

"적 사살 일 명 부상 일 명입니다."

"음. 예상한 대로 여기까지 탐색조가 침투했네. 안 되겠다. 작전을 앞당기자."

예상했던 대로 탐색조가 침투했다가 실패한 것인데 그러면 최종 은신처인 이곳까지 어떻게 해서 적이 침투했는지가 남은 문제. 그렇게 무방비했던가?

앞당기자. 허허실실이라고 바로 날이 새면 선제하자. 기습이다. 이쪽은 27명이다. 27명이 전투경찰 2개 대대를 요리할 수 있을까, 밤늦게까지 작전회의는 계속됐다.

"도 상사가 앞장선다니 든든하고 그 치들의 근거지는 안다물이란 동네야. 그 동네를 27명이 어떻게 덮치지?"

정말 허허실실의 전법이었다. 그것이 김지회의 사실상 공격 명령이었다. 노련한 도 상사는 사령관의 의중을 짚고 그 즉시 탐색 척후를 띄웠다. 그는 국방군으로 있을 때 그 안다물을 기습한 적이 있어 그 지리를 알고 있어 신속히 대응한 것이다. 그것은 김지회도 예상 못한 놀라울 정도의 선제였다. 그 밤으로 출동이 준비되고 다음날 새벽에 목적지인 안다물까지 40km의 강행군이 시작됐다.

"목적지까지 백리(40km)요 거기 도착이 내일 저녁이 돼야 제대로 공격이 되니 노 동지의 각별한 노력이 있어야 하고 적의 숫자에 겁먹지 말고 내 지시대로면 최소의 희생으로 최대의 전과를 얻을 수 있소. 적은 전투경찰 2개 대대 중 그 1개 대대가 현지에 주둔하고 작전 구역을 확보하여 전투 준비 중이라는 민간인의 제보요. 쉽게 말하면 그들과 교전을 회피하면서 그들 시선을 딴 데로 돌려

식량을 약탈한다는 계획이니 그리 알고."

　적은 안다물이란 마을을 성벽처럼 둘러친 능선에 화톳불을 두 군데 피워 위치를 잡고 민간인으로 조직된 별동대를 보초로 세워놓고 한밤중이었다. 그러고 보니 그 뒤가 위험했으나 도 상사의 기지도 전투경찰 60여 명을 그들 야영장소에서 생포하기는 수월했다. 그들은 보초만 믿고 깊이 잠들어 있어서 작업은 어렵지 않았다. 그중에서도 금백이의 활약은 돋보였고 그녀의 사전준비로 포로를 묶는 op줄을 여유있게 준비할 수 있었다. 모두 총성 한 방 울리지 않고 해낸 쌈박한 개가였다. 평소 군대의 상사급이라면 군수품이나 훔쳐 먹고 농땡이나 부리는 교활한 노병쯤으로 인식돼온 노병, 도 상사는 그런 상상을 뛰어 넘은 재치와 용기를 겸비한 특공대장으로 그 기습의 총지휘자 면모를 과시한 것이다. 금백이와 도 상사의 독무대였다. 애초 예상했던 어려움은 없었고 낙오자 하나도 없는 작전이었고 그렇다고 포로 희생자도 없고 퇴각지시 총성 한방이 유일한 그 작전의 총성이었다.

　약탈한 식량은 얼추 30가마니는 토벌대의 GMC 두 대 중 한 대로 관촌 슬치재까지 운반되고 차를 불태운 것이 토벌군의 손실이었다. 애초 작전에 시작될 때는 그 GMC는 작전 계획에도 들지 않는 노획품이었다. 중간 거점 관촌 슬치까지 약탈한 식량을 어떻게 운반할까 그게 큰 걱정이었는데 문제가 뜻밖의 덤인 GMC로 해결될지는 아무도 예상 못한 행운이었다. 뭐니뭐니 해도 그 이른바 슬치작전의 일등공신은 도 상사. 그 어디에 그런 치밀함과 용맹이 숨어 있었던가 궁금한 일이었다.

그러니까 나중에 포로 입을 통해서 알려진 일이지만 경찰 측에는 빨라야 이틀이나 사흘이 넘어야 빨치산 쪽에서 무슨 기미가 보일 것이니 그 거점에서 매복 작전을 준비하라는 명령이 있었다는 것이다. 그렇게 서로는 기선을 빼앗기지 않으려고 깜냥에 고심한 흔적이 있었으나 그것이 도 상사의 결단으로 경찰이 포로 신세가 된 것이다. 그 이야기는 후일 조선전쟁이 끝나고 빨치산이 궤멸할 때까지 무슨 전설처럼 전해진 이야기로 마지막 빨치산 정순덕이도 알고 있을 정도의 일화였다.

그 며칠 뒤 그 슬치 이야기가 다시 간부급 입에서 나왔을 적에 듣고만 있던 도 상사가 생각난 것처럼 좌중을 돌아보며 하는 이야기는 모두의 가슴에 한 가지 교훈처럼 여운이 길고 깊었다.

"내가 말밥이 됐대서 하는 이야기는 아니고 이번 슬치전을 겪고 민중의 호응도를 보고 느낀 바 많았어요. 이야기가 비약되지만 우리의 옛적 의병이 있었죠? 나는 그 의병이 이번 슬치전과 깊은 관계가 있는 것처럼 여겨지는데 그게 맞을까요?"

"으음, 감이 가오. 계속 해보시오. 도 동지."

김지회가 무릎을 세우며 말문을 열었다.

"뭐 특별한 것은 아니고 이번 거사가 나는 너무 대의명분이 선일이라는 자부심이 생깁니다. 꼭 임진왜란 때의 그 수많은 의병이 생각나고 그 결과가 너무나 정의로워서 느낀바 많고 그때의 의병들보다 이번 싸움이 어떤 의미에서는 공의(公義)에 충실했다고 보는데 내 견해가 틀렸는가요? 권 대장님 말을 먼저 듣고 싶은 것은 권 대장님 조상이 그 유명한 의병대장 권율 장군이라서 그럽니다."

"응 알겠어. 도 상사 이야기 그 뜻을 알아. 음, 그때 수많은 의병장이 있었지만 진짜 의병은 없었다는 이야기 아냐?"

"네 그렇습니다. 그때의 의병 본질을 까밝히면 전부 사병(私兵)들 이였어요. 자기 집 전장이나 재산 인원 노비 권리의 보호를 위해 쪽발이를 막겠다고 사제무기(私製武器) 들고 나섰지. 진정한 의미(국민이나 국가보존)의 의병은 아니었잖습니까. 우선 여기 계신 권웅 대장의 조상인 권율 장군만 보더라도 처음부터 국가를 위해

창의(倡義)한 것이 아니었지요. 자기 것을 지키다 보니 조정이 손을 내민 것이죠. 곽X우, 김X일 등 모두가 그랬어요. 나중에야 할 수 없이 조정과 손을 잡고 국록을 먹었지만……."

"응……. 그 말 알아. 순수한 의병은 혁명군뿐이다 이거지?"

"네 두말이 필요 없습니다. 이 거지떼같은 우리가 애초 누구 몇 사람 생명, 재산 보호를 위해서 반란을 일으켰던가요? 답은 나와 있어요. 그런 의미에서 나는 세상 사람들이 비웃듯 얼어 죽고 굶어 죽고 총 맞아 죽은 빨치산을 예찬하면서 죽을랍니다."

"으음……."

모두의 얼굴이 숙연해졌다.

"또 말씀 드리자면 우리는 미제와 일제라는 오랑캐 떼로부터 인민의 생명재산을 보호하려고 일어선 진짜 의병임을 자부하면서 이 고비를 넘겨야 한다는 것입니다."

"백번 지당하고 열혈 넘치는 말, 우리가 그 의병을 또 한번 자각합시다."

김지회 말이 좌중을 눌렀다.

"또 말씀드리자면 해방 후 그 많은 기라성 같은 애국지사 중 이 나라를 왜 남북으로 분단시켰냐고 미국이나 소련한테 대든 사람 본 적 있습니까? 있으면 말해 보세요. 아무개가 그런 소리 한 적 있다고? 없지요? 이러고도 뭐 애국? 자주, 독립을 찾을 수 있습니까? 왜 반벙어리가 돼 그 말을 못합니까? 누구 땅인데 느네 맘대로 칼질하냐고 한마디가 아니라 반마디도 못한 주제에 통일 독립? 지금 반외세 운동이 그거 아니냐고 할지 모르지만 그건 앉은뱅이 똥싸서 제 똥 먹는 소리. 이러고도 뭐 자주 평화 통일? 아직도 우리는 외세에 맞설 준비조차 안 돼 있고 외세라면 넋을 놓을 정도로 배외사상(拜外思想)에 쩔어 있어요. 부끄러운 일이 아니라 무서운 일입니다. 나 긴말 않겠어요."

"지금 우리한테 일격당한 적군들은 설욕을 위해 준비 중이라니 또 한 번 피를 흘려야 될 결전이 남아 있소.

이 싸움을 피할 수 없을 것 같소.

적도 살기 위해서는 넘어야 할 산이고 그러나 내가 직접 지휘를 할 수 없을 것 같아 걱정이오. 우리가 생존할 수 있는 최후의 결전이 될 것 같소.

권 대장이 나를 대신해주시오. 나는 놈들의 가늠자 위에 올라앉아 있으니 언제 어느 때 사라질지 모르니 그리 아시오.

또 일본을 인용해서 미안하오만 일본말에 이런 것이 있습니다.

갔데 가부도노 오오시베요 라는 경구(警句)가 있는데 싸움에 이기면 투구의 끈을 조이라는 뜻이죠. 보통 싸움에 이기면 승리에 도취되어 투구를 벗고 만세 부르고 땀을 닦는데 그러지 말고 이기면 그 즉시 투구끈을 다시 조여 다음 싸움에 대비하자는 경고지요. 이게 쪽발이들의 경구요. 우리도 그 점을 본받아야 하고 슬치회전의 승리감에서 빨리 벗어나 임전태세를 갖추는 게 마땅하지 않겠소."

김지회의 간접적인 경고였다. 그는 사실상 많은 자객의 표적일 뿐 아니라 현상금은 물론 부대안의 낯모른 대원의 접근을 두려워하고 있기 때문에 사실상 독안의 쥐와 같은 사정이었다.

그래서 다음 교전을 직접 지휘할 수 없는 처지였다. 그래서 조경순이도 긴장을 풀 수 없고 정작 김지회 본인보다도 경호에 과민했다.

금백이의 죽음

    산은 옷을 또 갈아입었다. 1949년에 들어가 본토로 비트를 옮긴 그 토굴 앞에는 눈에 익은 백마 한 필이 매어져 있고 한가로이 풀을 뜯고 있었다.
    긴장의 시간이 흐르고 슬치전투 뒤 토벌대 움직임도 없어 차츰 빨치산 안의 긴장감도 풀어지는 어느 날 그러니까 그 흥분이 가신 지 두 달쯤 뒤의 일.
    "오늘도 와있군 좀 긴장이 풀렸다고? 그럴 수 있어?"
    "쉿, 듣겠다 임마. 전쟁과 그것은 별도야. 뭣을 하든 쌈만 잘하면 되지 뭐…….”

 “그것도 맞는 말이지만 부하들 사기도 생각해야지 그것도 때와 장소가 있는 거 아냐?”

 졸병이지만 두 해 동안에 몽그라진 군복은 다 해지고 그 걸레 위에 입은 한복이 너덜너덜한 것이 볼썽사나웠다.

 거지도 왔다가 두 손 들 정도의 사나운 옷주제. 그러나 두 사람 다 메고 있는 건 총인데 각기 달랐다. 자세히 보니 한 사람 것은 왜놈 38식 기병총이고 짧막한데 또 한 사람 것은 역시 일본 99식 장총이었다. 무기가 없는 빨치산에 신식무기가 있을 리 없고 그것도 감지덕지였다.

 14연대가 여수 있을 때 지급받은 것이 전부 일제니 그럴 수밖에, 미제는 구경할 수 없다. 경찰은 전부 미제로 무장하고 있었다.

 “씹할 새끼들은 전부 양놈 것이니 얼마나 좋아 총알도 많겠다.”
 “야 임마, 이것도 고맙다. 잔말 말아. 인민군들은 듣자니 따발총까지 메고 있다지. 우리하고는 하늘과 땅 차이다. 한번 갈기면 50발이 나간다면서?”
 “응, 그러드라. 안 보아서 모르지만 거짓말은 아니겠지.”
 “야, 나온다. 빨리 숨어!”

김지회는 거처(비트)만도 몇 개 되고 거기는 꼭 복수 경호원이 있어 접근이 불가능했고 조경순이나 금백이면 모를까 한참을 기다려 심사를 받아야 면담이라도 하기 때문에 면대하는 인원은 정해져 있어 요지부동이었다.

말하자면 금백이만 빼놓고는 대면이 금지된 상태.

햇살은 따끔거리고 바람은 없으나 풀을 뜯던 발 귀가 발딱 일어나고 사방을 돌아본다. 짐승이 보초보다 감각이 빨랐다. 뭔가 인기척을 느꼈거나 주인 냄새를 맡은 듯.

"권 대장님만 믿습니다. 지금 이 최대 고비 대원들의 동요가 내 눈에 보입니다. 원체 매사가 부족하니까요. 실탄은 이제 절망적입니다. 그간 변칙적으로 구해 대항하기는 했으나 이제 저쪽 안에도 신진 대사가 됐는지 구대원은 없고 전부 새내기들이라 그전 같은 요행수는 없습니다. 아시겠죠. 무슨 이야긴지."

김지회가 거기서 말을 끊고 앞에 서 있는 권웅을 바라보며 피식이 웃는다.

"예, 알고말고요. 이미 적 안의 내통자는 없어졌다는 이야기 아닙니까?"

"예……."

"제주에서 보낸 지난번의 편지. 그때가 벌써 한 달 전이니까. 한 달 참 빠르네요. 권 대장님이 이렇게 우리를 지휘하게 될지는 몰랐습니다. 그때 권 대장님 급보를 받고도 금백이 동지가 못간 것은 실은 내가 만류한 것입니다. 그때 육지와 연계해서 승부가 결정될 중대한 고비였기 때문이었습니다. 제주도 참상 잘 알고 있었습니다. 제주도는 아까 이야기한 자유 자주의 의거(의병)지 다른 것이 아닙니다. 우리는 의병이에요. 이 조선을 구하려고 일어선 의병이지 다른 게 아닙니다. 그래서 자부심 있게 총의 방아쇠를 당깁니다."

"말씀 잘 알겠습니다. 사령관님 복안도 알고 그 위대한 자주정신 부럽습니다. 어쩌면 나와 같이 북에 대해 비판적인지 든든합니다. 맹목적인 종북은 자살행위입니다. 나도 나지만 사령관님이 경륜이 있으시니……."

그때 동굴 속에서 두 여인이 같이 모습을 나타냈다. 조경순이와 금백이었다. 두 사람 다 무장이고 조경순이는 말채를 들고 있었다.

"노 동지 수고가 많소. 신출귀몰은 노 동지를 두고 하는 말이야."

"언니 아니, 조 동지 감사합니다. 이제 모레의 출격만 무사히 끝나면 하루 종일 잠이나 실컷 잤으면 좋겠네요."

"그래 그것이 뭐 별것인가. 그렇게 하지 노 동지."

상냥하게 대꾸하는 조경순이가 뚜벅뚜벅 말 곁으로 다가선다. 평지보다 약간 낮은데 풀이 많아 말이 그쪽으로 옮겨 풀을 뜯고 있었다. 말이 이쪽을 힐끗 보자 고삐를 질질 끌고 서너 걸음 조경순 곁으로 다가온다. 그뒤 댓 걸음 뒤에 권웅이 김지회와 나란히 서 있고, 말이 올라타라는 듯 반듯이 서서 고개를 두어 번 주억거리고 꼬리를 흔든다.

"자, 그럼 잘 싸워 주세요. 권 대장님."

조경순이가 말고삐를 주워 올리면서 소리친다. 금백이가 달려가 헌 사과 궤짝을 들어 말을 타려는 조경순 승마화 곁에 놓는다. 조경순이가 그 궤짝을 밟고 살짝 뛰어 안장에 올랐으니.

그러나 누가 예상이라 했는가. 파싹 하는 소리와 함께 사과 궤짝이 찌그러지면서 조경순이가 말고삐를 잡은 채 아이고머니 하는 비명과 함께 뒤로 넘어지고 말았다. 사과 궤짝이 찌그러진 것이다.

그와 동시에 조경순이 승마화 뒤쪽의 박차에 말 주둥이가 닿자 말이 질겁을 하고 히힝~ 하면서 뛰어올랐다가 내려오면서 그 아래 깔렸던 조경순의 얼굴을 깔아 뭉개버렸다. 아이고머니 하고 손으로 얼굴을 감쌌으니 이미 깨어진 얼굴. 그 억센 말발굽이 얼굴을 짓뭉개 버렸으나 뭐가 되겠는가. 여자의 생명인 얼굴을 묵사발로 만들었으니.

금백이가 달려들어 붙드는 순간

"예 잇 더러운 년이……."

김지회가 조경순의 말채를 빼앗아 금백이를 후려갈긴다. 두 번, 세 번, 또 한 번

"아이고 대장님, 제가 제가 잘못했습니다."

금백이 비명이 솟아오르고 몸을 오그려 붙인 그녀가 땅위를 뒹군다. 그 구리 철사를 가죽으로 감싼 말채니 얼마나 아플까

"이년 죽어라 죽어!"

"아이고메 대장님! 살려 주세요. 제 잘못이에요."

이러저리 말채를 피하며 금백이가 울부짖고,

"너 이년. 니가 감히 질투하는 거 아냐. 응. 못된 년!"

차마 못할 욕설이 김지회 입에서 튀어 나왔다. 날카롭고 살기

띤 목소리. 아까까지 정답게 담소하던 동지끼리의 화목한 목소리는 아니었다.

뭐? 질투?

뒹굴다 번쩍 몸을 일으킨 금백이 손이 순간 허리에 찬 권총으로 가는가 했는데 번개 같은 솜씨였다. 김지회를 향해 방아쇠를 당겨 버렸다. 탕! 하는 단발음이 일어나는 것과 동시에 김지회 등 뒤의 바위 쪼가리가 날아올랐다. 날치의 명수. 큰 실수였다. 김지회가 빠르게 깨진 바위 밑으로 몸을 숨겼다.

"뭐야 나를 쏘아? 니가?"

김지회가 바위 파편을 피해 엎디면서 자기도 권총을 뽑아 조준할 것도 없이 금백이를 향해 발사했다.

어이쿠 하는 비명과 함께 왼쪽 어깨를 안고 금백이가 땅으로 굴러 떨어졌다. 잠시의 정적.

"괘씸한 년이."

김지회가 투덜대고 돌아서는데 그때야 조경순의 승마화 박차에서 풀려나 자유가 된 백마가 느닷없이 히힝 하면서 또 두 발을 추켜올려 허공을 긁었다.

조경순의 박차에 입을 차였을 때와 꼭 같은 자세. 위급신호. 하도 김지회 거동이 거칠어서 무슨 일이나 안 일어날까 하고 동굴 쪽으로 몸을 기대고 있던 권웅의 눈에 뭔가 검은 그림자가 두 개가 빗살보다 빨리 동굴 뒤 상수리나무 밑으로 숨은 것이 보였다.

권웅이 고개를 숙이고 김지회가 자기를 바라보기를 기다리는데 그 두 그림자는 복면이라 용모가 불명했다. 그 중 한 사람이 땅바닥에 엎드린 것이 보였다.

김지회가 고개를 숙인 채 조경순이가 굴러 떨어진 쪽으로 두 발을 채 못 옮겼는데 탕! 하는 총성이 한쪽에서 일어났다.

말에 차인 조경순 쪽으로 김지회가 기우뚱하면서 옆으로 넘어지는 것이 보였다. 또 한 방 총성이 뒤따르고 이번에는 깊숙이 김지회 몸이 땅으로 기울어졌다.

검은 그림자가 일어나 그것을 확인이라도 하듯 허리를 펴는 것이 보였다.

권웅의 권총이 그 그림자를 향해 불을 뿜었다. 그리고 또 한 방은 그 총구가 조금 왼쪽으로 옮겨지면서 또 불을 뿜었다.

괴한 두 사람이 같은 장소에서 땅에 머리를 처박고 쓰러졌다. 둘 다 복면이었다.

어깨에서 피를 흘리며 절뚝거리고 다가온 금백이가 제 손의 권

총을 저만치 앞에다 내던지며 "권 대장님 이제 모든 것이 끝났습니다. 저는 설마 김 대장님이 그런 소리로 제게 칼질을 할지는 몰랐고, 저도 맞은 매보다도 그 말 한마디에 이십여 년 간 자라온 제 이성이 일시에 뭉개져 버렸지요. 용서하세요.

결과적으로 이 참사의 책임은 제가 져야죠. 저 출혈이 심해 이대로는 몇 시간 못버틸 거예요. 저 먼저 가더라도 나무라지 마세요. 저 김 대장님이 오래 살기를 애닳게 바랐어요. 그래야 이 나라에 뭔가 흔적이 남을 것 같아서였지요. 그러나 그건 저의 부질없는 바람이었어요. 권 대장님의 사랑 듬뿍 받고 가니 후회는 없는데 죄스러운 일이 하나 있어요."

"금백이 출혈쯤이야. 아무것도 아니오. 수혈만 하면 아무것도 아닌데."

"아니예요. 수혈도 받을 수 있지만 이 산중에 어디서 수혈을 해요. 본부의 시설도 있다지만 그것 갖고는 안 됩니다. 저도 상황을 알고 있는데……. 지금 나를 살릴 수 있는 길은 어디에도 없습니다. 포기하세요.

그런데 아깝게도 제 몸에는 권 대장님의 흔적이 남았습니다. 몸을 가졌어요."

"뭣? 몸을 가졌다고?"

소리가 고함이었다.

사람들이 달려와 웅성거린다. 김지희 시신이 치워지고 두 괴한의 복면(마스크)을 벗겨 보았으니 누구 하나 그 얼굴을 아는 이가 없었다.

"이제 부대는 대장님이 이끄셔야 합니다. 다른 누가 있습니까? 피다 만 꽃에 물을 주고 북을 쳐 기어코 꽃이 피게 합시다. 저만 살 수 있어도 제가 대장님 왼팔이 돼 이 조선의 빨치산에 자양분을 주겠는데 그리 못되는 것이 저의 운명인 것 같습니다. 저 행복했어요. 한 가지 소원을 풀지 못하고 가는 것이 억울하고 서럽지만 저승에서 권 대장님이 풀어 주세요."

"그게 말이라고 해. 지혈만 잘하고 구례(求禮)까지만 가보자구. 거기 가면 수혈 정도는 가능하지 않을까. 응. 금백이 나 금백이라고 부르고 싶어서 그래 이해해요. 왜 하필이면 이런 때 몸을 가졌단 말이오. 안타깝게도 몸을 가지려면 좀 더 일찍 갖던가 아주 갖지 말던지 하지 않고 어쩌라고 이제야 몸을 가졌단 말이오. 어쩌면 좋소."

그때 대원 댓 사람이 두 사람을 에워쌌다.

"지금 이러고 있을 시간이 없습니다. 대대적인 적습이 있다는 정보가 있고 대원들이 동요하고 있어 대장님이 빨리 나서서 수습하셔야 합니다. 김 대장(김지회) 후계자가 권 대장님이 돼야 한다는 것은 이미 정해진 일입니다. 시간이 없습니다."

"저는 알고 있었어요. 처음부터 대장님은 제게 과분한 것을 ……. 망가진 자동차에 자꾸 기름만 붓 듯이 대장님은 제게 사랑이란 소나기만 퍼 안길지 알았지 배수를 몰랐어요. 논밭에 물이 많으면 적당히 물을 빼줘야 작물이 잘되듯 사람끼리도 그 균형을 맞춰야 뭐가 돼도 되죠.

제 상식으로는 아이는 사내 아기 같아요. 저도 알고 있는 임신 징후 같은 거 뒤태를 보면 태아 성별을 안다는 그런 구전된 풍습으로 사내였어요.

아까워요. 대장님 저는 임신을 포기하고 바라지도 않았는데 뜬금없이 몸을 갖고는 얼마나 기뻐했는지 모릅니다.

저 죽으면 힘들지만 아까 김 대장 총을 맞았던 자리, 거기가 좋을 것 같네요. 딴 뜻이 있는 것이 아니라 적어도 이 나라 빨치산의 시초가 되는 김 대장님이 저를 쏜 자리라면 좋은 자리 같아서 저도 그 자리를 택한 겁니다. 그렇다고 김 대장한테 원한이 있는 것도 아니고 한 가지 아쉬움이 있다면 아무리 출중한 인간이라도 끝에 가서 자기 가정을 못 가진 다는 것은 불행하다는 것을 뼈저리게 느꼈고 거기서 저도 예외일 수 없다는 것을 확인했습니다.

고맙습니다. 저는 시방 권 대장이란 가장을 둔 행복한 가정을 가진 주부예요. 고맙습니다. 나 그야말로 금박댕기 매고 촐랑거리다 꽃가마 타고 시집가는 것을 오직 하나의 꿈으로 알고 커 온 시골띠기 촌 가시네를 이 위대한 여전사로 키워준 그 은혜는 두고 두고 잊지 않겠습니다.

제가 요즘 도시에서 퍼진 유행가 한마디 가사를 외워 보겠어요. 노래로 불렀으면 싶지만 이날 이때까지 아리랑과 도라지타령밖에 못 부른 솜씨로 그 노래 흉내는 못내도 가사는 외워 보겠어요.

"산에는 진달래 들엔 개나리 산새도 슬피 우는 노을 진 산골에 엄마 구름 애기 구름 정답게 가는데 아빠는 어디 갔나 어디서 살고 있나 아아 우리는 외로운 형제 길 잃은 기러기"

"이 노래처럼 내 뱃속의 아이가 무사히 태어나 자라다가 권 대장님이 어디로 없어지면 이런 노래를 부를 거 아네요. 흠 으응 흠.

흙."

그 대목에서 울음보를 터뜨린 금백이 손이 어름장 같이 차가워진다.

"이봐. 금백이도 역시 찬 데가 있어. 어쩌자고 그리 독해. 그런 노래라면 속에다 담아 두지 지금 헤어지는 마당에 내 귀에 그 가사를 들려주는 이유가 뭐야. 물론 그렇게 되면 그 아이는 나를 원망하겠지. 정말 길 잃은 기러기가 되겠지만 지금 바로 내가 길 잃은 기러기가 돼. 어쩌면 좋은가, 내게 그 노래가 잔인하네. 금백이 안 그래?"

"네, 마음대로 생각하세요. 그 노래 가사 대로 밖은 온통 꽃동산이네요. 진달래, 개나리 뿐 아니라 초롱꽃, 모란꽃, 복사꽃, 해당화도 눈부시네요."

끝없이 흐르는 눈물을 주체 못하는 쪽이 오히려 권옹이었다.

"그래서 좋은 세상 되면 새 조선에 다시 태어나 조국 자주 독립의 그 밑거름 됐던 노금백이 이름으로 꽃 댕기 하나 만들어 섬진강에 띄워주세요. 저 먼저 갑니다."

"이봐, 금백이 너무 일찍 가네. 나를 두고……."

흐느끼는 권옹의 어깨가 하염없이 출렁거린다. 동굴밖에는 대원들이 침울한 얼굴로 밖에 나온 권응을 바라보고 있었다. 1950년 4월 6일의 한낮 지리산이 바라보이는 전남 구례군 동쪽 하천산도 흐느끼고 있었다.

쓰고 나서

올림픽 직전까지 도쿄 시내는 온통 반한시위로 뒤덮여 있었고, 하늘에는 돌자갈이 우박처럼 쏟아지고 있었다.

조선 놈들 다 죽여라, 죽이고 씨를 말리라는 일본 극우파의 광적인 반한시위가 계속되고, 평화소녀상 때려 부수는 지랄병이 공공연히 벌어져 그야말로 살인분위기였다.

그것이 끊임없이 벌어지고, 쪽발이 공사놈은 문 서방보고 설입을 놀려도 찍소리는커녕 찍소리도 못한 놈의 XX들이 뭐, 정치한다고? 서울 한복판에서 일본 가요곡이 울려 퍼져도 못들은 척하는 그 친일성. 어떤 고자리 같은 대선후보는 후쿠시마 원전이 이상 없다는 고천문을 낭독하고.

이게 대한민국이다. 이것들아.

"알아? 몰라?" 하권에서 너희들의 외가인 쪽발이의 숨통을 끊어놓겠다. 그때 보자!

전봉준의 말목장터 생각이 간절하다.

2021. 8.

필자 정 창 근

정창근 장편소설
쪽발이(1)

인쇄 2021년 08월 10일
발행 2021년 08월 25일

지은이 정창근
발행인 서정환
펴낸곳 신아출판사
주소 서울시 종로구 삼일대로 32길 36(익선동 30-6 운현신화타워) 305호
전화 (02) 3675-3885
팩스 (02) 3675-2985
이메일 sina321@hanmail.net munye888@naver.com
출판등록 제465-1984-000004호
인쇄·제본 신아문예사

저작권자 ⓒ 2021, 정창근
이 책의 저작권은 저자에게 있습니다. 서면에 의한 저자의 허락없이 내용의 일부를
인용하거나 발췌하는 것을 금합니다.
COPYRIGHT ⓒ 2021, by Jeong ChangGeun
All rights reserved including the rights of reproduction in whole or in part in any form.
저자와 협의, 인지는 생략합니다.
잘못된 책은 바꿔 드립니다.

ISBN 979-11-5605-944-8   04810
ISBN 979-11-5605-943-1   (세트)

값 14,500원

Printed in KOREA